JN144367

未知への逸脱のために

伊藤浩子

未知への逸脱のために

わたしたちが耳を傾けるさまざまな声のうちに、いまや黙して語らない人々の声がこだましているのではないだろうか。わたしたちが言い寄っている女性たちには、もはや彼女らすらも知ることのない姉たちがいるのではないだろうか。もしそうだとするなら、かつて存在した世代とわたしたちの世代とのあいだには、秘められた出会いの約束が取り交わされていることになる。そうであるならわたしたちはこの地上において、ずっと待ち望まれてきたことになる。

（ヴァルター・ベンヤミン『歴史の概念について』テーゼⅡより）

日々の痕跡

《出会いの約束》

1

やがておとずれる一切を予感し
くろかみは償いはじめる
まっすぐな瞳をおおった
傾いだ道しるべを
あるいは姉たちの饒舌な
乳房さえをも

2

影を追う
風音が潮騒に重なるまでの
とおいひと日
みずからだけをその約束の拠り所に
澄みわたる樹々のゆらぎを
もてあましている

3

裸体に羞恥するのは
避けてきた時間の軽さのため？
胸に刻まれるはずの
夕暮れに忍びこむ感傷と
夜明けとをどこまでも拒む熱情に
たったひとつの夜はまた深まっていく

4

「あなた」という現象が
「わたし」というひとりの他者を映し出す鏡なら
割れたらいっしょに砕け散るわよね？
そこから出立したの、再び出会うため
岩石の一部や一滴の雨粒　あるいは
かつてひとつだった世界の失われた半身として

5

まぶたで愛でる　耳朶に響かせる
舌の上で何度も転がし
くちびるでそっと確かめる
（指先でなぞってもいい）
文字になったそのひとの周り
余白の海を泳いで渡る

6

ならばいつまでも
そこでそうして雪を愛でていなさい、と
母親になって叱ってみたかった
小さな肩に毛布をかけて　だけど
母じゃない、母にすらなれない
わたしはここよ

7

けっしてふれることのできないりょういき
おまえのからだのずっとおくのほう
あけがたのつめたいくらがりには
わずかにひらかれ
うまれかわろうともがく
きょうのおまえじしんのよどみが視える

8

影さえも遺さない無数の喪失の渦中に坐して、
熾火のように泉水のように不意に湧き起こる、
その、型さえ持たない空無こそが、いつか母
なるものと交わした遠い約束だったのかもし
れないと、立ち上がり東向きの窓を開け放つ。
未だことばに置き換えられない朝《あした》を待ちつつ。

9

生まれたときに受け取ったこの花束を
誰に手渡せばいい？
迷いながら、長いあいだ過ちを繰り返した
いつか向こう脛に受けた傷が痛い
水玉のワンピースもそれと揃いのミュールも
今はもうどこにも見つからないのに

10

亡父の影を追い求めた娘への
憐れみと喜びを織りなし
おかあさん、とあえて今よびかけてみる
雷の鎮んだみずうみに
朝陽は数多の伝説よりもきよらか
黒髪を洗いつつ

11

夜は子どもが大人になるのを待つ時間
夢の中で　彼らの背は伸びる　胸が膨らむ
父母の隠された祈りのかたわら
寝返りをうったのは
無垢との別離への哀悼だったか
季節の雨が窓をうつ

《遊歩道》

1

空模様は曇天がいい
指先の悴む空気の冷たさがいい
靴紐を結び直す時間に遊ぶ
落葉のにおい立つしめやかさがいい
(名を呼ぶ声にはけっして振り向かないで)
そして肩に置かれる手を待つ今がいい

2

樹木もくつろぐ暗闇を
素粒子になってひた走りながら
いつかの少年と老母のおもかげ　いたいけに
言葉によって受胎している

想像もできないその速度に
愛は今夜も追いつけないまま

3

たあいのないおしゃべりと
それから不意におとずれた沈黙が
まるで潮の満ち干のように
この日々をやわらかく彩っている
ビルとビルの間隙に待ちのぞんだ陽光を
ひそやかな祝祭にもかえながら

4

病みながらも舞っていた
消えゆく鉤爪の月のもと
どこまでも軽くなる肩と時間とともに
かなたから届けられる波音を調え

もう一歩前へさらに前へ
見知らぬ子どもたちにも呼びかけている

5

希望のなかったことが
唯一の希望だとふたたび歩き始める
急ぐから待って、と
前を行く背中に呼びかけようとして止めた
降りかかる夕焼け空の
ひろやかな温みを一瞬に確かめている

6

重い雪雲に遮られて
今は星灯のない浄夜
遠くの湖では　激しい冬花火の気配して
季節の深さを告げている

重ねた手のぬくもりと
見つめたまなざしの結節点に憩いながら

7

凍えた両手で靴紐を結んだ
凍えた右手で鞄を持ち上げ
凍えた左手に鍵を握りしめた
「思い出なき希望の上にあなたの名を記す[*1]」
凍えたままの胸で
涙に暮れた夜々を抱いて歩いた

8

（痩せた姉がいた、それからも従弟も
（粋な祖母と双子の叔母たち
（庭の芝生に流れ込んだ雪解け水が
（陽射しに眩しく

（永遠にも近づく一日が
（この蟀谷にも息づいているのにやっと気づいた

9

技術によって武装された世界[*2]の廃墟に
酔いながら帰途につき今夜は
ふたつのさびしさを火に焚べる
壁に浮かんだ花の影を眺めながら
真新しいシーツに包まれ
よく似た明日の夢を編む

10

湧水から澄んだ泉、そして急流へ
堰きとめるような深い溜まりに、ひらけた下流から
やがてひとつにつながる大洋の予感
光、樹々、岩石、濡れた苔、小さな甲殻類、剥がれた鱗

転がりながら目撃し、感じたすべてを
明け渡すいま

11

朝が近づく
老いた大道芸人が手風琴を折りたたむ窓辺
都市に居ついた鳥がついばむ時間を
わずかでも止めてみたい
無数の名が霧となってたちのぼる
歴史の小さな翳りに

《モード》

1

名しか持たない物質が

快美となって流れ始める
鏡にモードは映せないから
やがて訪れる夜更けには再び、手に取って
疲れ果てた男と女が
それぞれの無機質な屍を諦める、その前に[*3]

2

季節の変わり目の恋人から
存在を賭した書簡が届く
煙草の香の染みついたタイプライターの滲み
古いアップライト・ピアノが奏でる音符の羅列に
揺れ惑う蠟燭の焔と
月明かりの残滓、わたしを射る

3

傷だらけのからだを両腕でかき抱く

あなたにとってマグダラのマリアとなった女を
かれらは嗤うかしら　それとも
嘆きかなしむかしら
もうじき夜が明ける
何もかもを覆い隠す日常がやってくる

4

どんなに悲しんでも
悲しみきれない青空のために今日があると
雪融けに膨らむどこかの瀬の音が響く
手を伸ばしても届かない
息を止めても
昨日までのわたしをどんな衣で消し去っても

5

頸を擡げて眺めやった世界のひとつひとつに

名前をつけていく
あれは初めてのもの、これも初めてのものと
ああ、だけどこの風はどこからどこまでが
初めてなのだろう
落ち窪んだ自分の影と迫りくる夕闇

6

蹄の残した土埃に雲雀の声が被さり
長閑な葡萄酒の色にも酔う
幻と現との境目をしだいに見失いながら
ドレスの裾を翻した
わたしの外側で誰かが目覚めている
機械仕掛けの奴隷制に抗うその時代で

7

そして空中庭園では

置き去られた星雲文鏡に
稲光、ふたつ、音もなく吸い込まれ
そんなふうに
ゆるしあった永遠と一日《ひとひ》
わたしたちなんてどこにも見つからなかった

8

いくつもの窓
1871年、1918年、それから1968年の
窓から　ひとつ　またひとつと
いとしさに証して　寒空へ
立ち昇っていく花がある
何かの結晶のように　凍ったまま

9

傾いだ床と質素なテーブル

窓枠に積もった埃
仄暗いフットライトに影も揺れない壁
波音？　それとも凩だったかしら？
テーブルの真ん中、
一輪挿しの紅花が今、　ゆっくり枯れる

10

沈黙を纏ったひと
霊歌よりも深く奏でるひと
物語りにこまやかに不自由を編むひと
その肩を抱いてもいい？
星座と　流された血と　記されなかった文字とで
黝い波の果てに訊ねている

11

抑圧された名もなきひとびとのため

この祈りと唄と沈黙とを託し
そのために新調された時とコートに　あなたが
袖を通すのを眺めている
今日を映す鏡台は必要だろうか？
雄羊が蘇りふたりの傍らで遊んでいる

《星座的布置》[*4]

1

天井画の傍、鏡文字で書かれた古歌の文字列を
ひとつひとつ指差しながら読んでいった
到達しそうになると逃げていく
そのあてどないまばゆさに
小さきものは溜息をつき
歩き始めては空を見上げる、出口付近

2

名まえを失くした哲学者が
ポケットから取り出す小宇宙に
楓の樹液を掛けてみる
息吹、スコール、発芽、涸渇、リピート
両手につつんで
夢に興じた熱量が未だ誰かを温めている

3

凍りついた湖上で眺めた水の色と
探し求めた山の斜面から見下ろした家並
西新宿のビルの谷間と
さ迷うためにある森のひろがり
互いの棲家に居続けながらわたしたちは
いくつもの場所に溶け出していく

4

黒朝顔の花弁を蒐集している[*5]
女たちのどこにも記されない時間を
白夜ならどんなふうに隈取るか
あなたに訊ねてみたい
両手はそんなにも泥土にまみれ
そうね、種子こそが過去と未来との凝固因子

5

ブルー・グレーのマフラー、黒いジャケット
眼鏡の奥の小さな眼光、胸の傷
短いメール、古い霊歌のフレーズ
文字にできない記憶の数々
すべて並べて虚空へと還す
わたしにさえ見えない星座ができる

6

どこにも記されなかった革命的微光が
街路を走る人々の両肩に
雷のようにわなないている
宙に浮いた車窓から
無数の少年たちがそれを見下ろしている
ここではない何処か　別の星での出来事

7

わたしはといえば
いつまでもこうして待っている
ただよいながら　静止しながら
今朝の風が吹きちらした
天使の羽のひとひらがそっとなでて
なにかを解きはなつ　その所与の力を

8

約束の五月は終わろうとしている
窓ガラスを打つはげしい雨に
真夜中、少年だった父がわたしを揺り起こし
語り始めた物語を
あなたはもう一度、生きようとして目覚める
飼い猫の喉が乾く

9

渇いた骨と骨とが大洋のどこかで巡り合う
そんなイメージにふと捉えられて
ならばこの世界がいまに開かれた
可能性としての海でないと誰が言い切れるだろう
もっと静かに呼吸してみる
波に揺れた花を視ている

10

戦時下の夢を知りたい？
列車に同席した幾人もの外国人戦闘員が
一斉に同じメロディを歌い始めた
その時代にはなかったはずの霊歌
アカペラの低音が車輪のリズムと調和して
泣いていた、今日とは違う感覚器官で

11

スペイン国境付近
そのひとが振り返ったはずの霞んだ景色に
沈黙と敗北への追憶を重ね
さらにこの胸の痛みを重ねて、折りたたむ
後の世代の子どもたちへ
不意に届けられる投壜通信のようにして

それは、希望なきひとびとのための希望[*6]と
見えない力に
右腕を動かされながら書きしるす

＊1　桐山襲『聖なる夜　聖なる穴』より
＊2　ヴァルター・ベンヤミン『パサージュ論』より
＊3　ヴァルター・ベンヤミン『パサージュ論』よりヒントを得ている。
＊4　ヴァルター・ベンヤミン『歴史の概念について』より
＊5　E・M氏との会話の断片より
＊6　ヴァルター・ベンヤミン『ゲーテ　親和力』より

主体は誰でもありません。主体は分解され、寸断されています。そして主体は動かなくなりますが、騙すと同時に具体化された他者の像によって、あるいは自らの鏡像によって生命を吹き込まれます。そこで主体はまとまりを見出すのです。

（ジャック・ラカン『フロイト理論と精神分析技法における自我』より）

やくそく、のあいだ

道端に投げ出された骨の白さに酔い痴れた。
いつかね、だったか、きっとよ、だったか、唄いながらのおひめ坂
は、陽がくれるとますます傾いで。
傾いだぶんだけ背中はまがり、まがったぶんだけ立ち止まった、振
りかえれば、ひとつ、ふたつ、滲みながらひろがり続ける帰り道に、
多重露光でこぼれていったものたちよ。

ただよう匂いにも噎せ、ふたたび足元にこうべを垂れると、暗がり
に紛れては、まもられることのついえた日々と、生理は走り出す。
母の名を呼び、妹の無邪気を追った。
（いつかね、きっとよ。）

けさの窓辺でも、いまだにあの寒さに引きもどされていく。ながい尾椎、風の無色にさえ身震いする夏の、ききおぼえのない荷もつだけは加重され、やくそく、のあいだ、姿見にはまだだれも映ってはいないのに、

きのう

時を俯瞰するその場所に不意に呼ばれた兆し。

あおぎたと、不自由さという自由をまとった石の花に、父母のまなざしを恢復させた。通いなれたはずの樵路を背中合わせに写生している、とおい後朝の余波。

喪失した僅かなひよめきの陰りにも怯えつつ。

三という数を初めてかぞえた日々を、ななめに射す陽光とようやく眠りに替え、呼名の行方を訝っている、いつからか。いつからか、あの乳房と等価になれないものとして、三面鏡の前にも立ち竦んだ、覚醒を待たずに消えた夢を囈語に。

あなたは。
あなたというわたしは。

削いだ髪から羽化したばかりの蝶が舞う幻惑。

歩行にさえ酔い、地図にない川を泳ぐ淡水魚の声に、参照先を忘れ、ほどいた指先で、切れ切れな季節を追尾している。やがて日常の、あえかな残滓を留めたい欲望にも絡めとられたなら、なつかしい虹梁のたもとへ。

還ろう、かえろう。

額、蟀谷、耳朶、鎖骨、肩胛骨、水月、そしてふたたび目蓋の道標に、見えた矢先の、見えない明日を籠絡するための、

In The Room

匂いのなかに噎せかえる、もうひとつの匂いを切り裂き、床のうえ、
朝陽にひくく翳せば翻る合弁花類の。
種子を膨らませるように時間を逆行し、果実を実らせるように服を
脱ぐ。
日常がいくらかでも遠ざかっているうちに、からだの部位をなぞり、
影の吐息を映し出している、ほどけたのは、曇り硝子だったか、波
の記憶だったか、それとも。
それとも、まだやわらかな涙骨と蝶の形の骨の写像だったか。
あした、でもなく、きぼう、でもない。ただ消え失せるもののなか
に投げ出された無防備な立面に、生まれたばかりのお前を抱きしめ
れば、そこは母の胎内ともなって。

波打ち、やがてなつかしく香る。

Born, again.

死に似たものを通り抜けた気がして見渡す、この、名もない部屋の
真ん中では、わたしこそが、未生の胚珠を抱え込んだ、赤子だった。

立ち上がり、お前を探す旅の支度を始める。

予兆、そしてエロティシズムという不安の

海の見えるホテルのひとつめの部屋に浮かぶ岩は悲哀。
親殺しの無色の薔薇に由来する、夏だったかもしれない、嵐だった
かもしれない。あるいは裕福な庭園の外れなのかもしれなかったが。

ふたつめの部屋の岩は愉悦。
永遠に出会わないために、くちづけだけをもとめあった。
顔なら見せなくてもいいのです、あなたが誰かは、みな知っている
から。
破れた風景に、オーボエの低音が呪いとなって青空をさらに青くす
る朝、もう下着をつけてもいいですか？　不実な、この精神世界に
も？

みっつめの部屋のもっとも大きな岩は未来。
欠落を見落とした不機嫌な妖精がつくる、夜と昼とを無知と智慧とで跋扈せよ。
そして断絶も境界も拒みながら光のように、
あなたはますますかるくすばやく生まれ変わる。

過失

本日、マグリット展へ行く。Y氏と。

Y氏のジャケットは破壊されたサンゴ礁の乱反射だったから（どんなに混んでいてもすぐに見つけられるように）、なつかしい色と形の遠浅のワンピースを選ぶ。永遠も半ばかと思えるほどの長い袖に腕を通し、片方ずつデザインの違う靴を履く。潮騒がY氏の背中から届く。

前日の朝、七時四五分、Y氏と待ち合わせるためにはどうしても地下通路を迷わなければならない。うまく迷えるだろうか、数十年前の皆既日食の日の、あの子羊や子牛たちのように。

四日ぶりにいつのまにか空腹になっていることに、気づく。

最新の栄養素である薔薇の離花弁はY氏のオフィスに置き忘れてき

てしまった。取りに戻っている暇はない。空腹を紛らわせるために、さらに深く迷おうと足早に舞う。

九時五五分、トランジットでアタチュルク空港に着く。


Y氏の画像がいたるところに貼られているのが誇らしい。誰もが彼の噂をしているのが聞こえる。Y氏のおかげで産まれることができたと、それは深海魚の鰓の声で歌っているように聞こえる。メモしなければ消え去っていく声、また声。

母にそっくりの女性が、あなたはもしやY氏のアシスタントか孫娘ではないかと筆談しかけてきた。指の長さも太さも左右でだいぶ異なっている、母と同じように。あなたのお母様は確か、八〇年前に亡くなりましたねと、大きな筆記体が動き出す。Y氏の下半身の動き。

草原ではかならず裸足になって遊びましたと、彼の言葉をここでも引用する。

指の間に挟まれる草と泥と水。そして聖女のミルクが生贄の血痕を洗い流した風穴と氷穴。あなたは迷うべきではないときに迷っていましたからと、いつだったかQに不実を責められもしたが、彼はいつの間にか、人のからだと老いた山羊の前脚を持つ、魔的な光る影に変わっていた。


近づくとセピアの海の匂いがする。潮の満ち干の感覚もよみがえる。夕刻、浮遊するルリガイの群れがQの忘れ形見となって、増え続ける波を渡っていくのが見える。

いまだ出会えていないY氏の涙が不浄の左手を洗っている。もうじき、サンサーラの輪が閉じる。

目覚める夢から目覚めるように、マグリット展をあとにする。生まれ変わったY氏と。

顔のない男たちの顔をもう一度隠すために、サンゴ礁のジャケットを巨大なロッカールームから取り出す。

春の宵だ。春の宵の約束だ。

生暖かい抒情がいいね。

そうおしゃべりしながら、ここにたどり着いたのは間違いだったと、Qの遺書に並べられた思い出を、カフェテリア・カレの真新しいセイロン・ティーで、ふたり、しずかに飲み干している。

MOTHER MACHINE

われわれは、機械の部品について、それがこのように動くことしかできず、それ以外の動きは為しえないかのように、語る。どうしてか。それはつまり、その部品が曲がったり、折れたり、溶けたりするといった可能性をわれわれが忘れているということなのか。その通り。われわれは多くの場合そうした可能性をまったく考えていない。われわれは機械、ないし機械の像を、特定の作動の仕方を表すシンボルとして用いるのである。

（ウィトゲンシュタイン『哲学探究』第193節より）

入れるスイッチにどんな熱よりも熱っぽい使命を秘めている、それでも微かな作動音と、指定したファイルの誤作動しないボイル・シャルルの法則に下半身がうずいている。
運動方程式でカルキュレイトしたい虚構がここには南太平洋のように波打っているから、真新しい息遣いは熱帯林を吹き抜けてくる昨

日よりも、未来よりも湿っぽい風は遥か。プログラムで全身麻酔し
無数の夢を表示させている、ナヴィゲーション・ウィンドウの水晶
体の枠組みを取り払う。

罪の深さと距離を教えてください。

インコレクトの点滅に赤面していると、指先は今も動いているよう
にみえて実は停止している共和制世界そのものだ。
MOTHER MACHINE はそこからどこまでもはみ出していく、そ
の背骨はやわらかい、乳房は丸く、黄金色の尿も唾液アミラーゼも、
愛撫してみれば嗚咽するほど。

窓をあけると雨につながり、維管束にさえゆうぐれのようにこいこ
がれる。うろこぐもがしれんとなり同時にゆるしとなってひろがっ
ていく、よるのとばりというデッドラインにようやくかんねんし、
りょうめをとじる。

このまま死んでもいいかな。だってとなりにかせいがねそべってい
るから。死んでもそれならわかるから。ほうけたねがおでどんな夢
を、どんな言語でみているの？
わたしにはみえないまだみえない。もっとすいちょくにとけださな
ければ、なみだとなって、もっとまっすぐおちていかなければ、あ
なたというわたし、わたしというかれのいずみにたどりつくことは、
とうていできない。

いれる、すいっち。
こどう、うぶごえ、せんけつ、へそのお、それから。
それから、罪までの速さと仕事量を教えてください。

Non passionnée

サディスティックな銅版画家を待ちながら、
出航までの階段はきらびやかで長い。鷗が汲汲と時をついばむ火点し頃、耳のつぶれた大男が差し出すシャンパンは蒼く、気泡に鼻先を近づけると、豊穣な薔薇《そうび》の香に眩暈する。

いつかのキャビンでは蚊帳が張り巡らされ、新妻と赤子が眠っている。灯りをともす燐寸の擦過音で憤《むずか》る子にまだ名はなかったが、新妻には無数の名が、ありとあらゆる名が腐草《くちくさ》のように浮遊して、召喚せよ、銘記せよと、指さきから流れ出る血脈のうねりに、うっとうしい季節は歪みながら真新しい記憶として、スタッコ壁と、詩人の夫はライティング・デスクに額を打ち付ける。

張り上げる声の割れ目。

誰もいないはずの船底で揺籃が動き出す。

水族館には行かなかったのと年嵩の少年が戻る。透明な銃器を携え、今にも発情しそうな泣き顔で、訪れることのない夜明けの糸口をその手にかたく結びつけている。

昨夜まで少年は、相貌失認の女とふたり、傾きかけた映画館でタイトルのない映画を見ていた。ますます太り過ぎていく女。スクリーンさえ塗り潰した漆黒に、女の羨望は瞳となって舞い、鈍く浮腫んだ両手首の傷跡を何度も見せつけた。もがきはじめた手首の深紅の蛇皺に少年の影が刻一刻とやせ細ったのは、持参した手巾を水浸しにしたエンド・クレジットのためだったか、それとも、焼死体に押し寄せた熱波のためだったか。

階段の途中、立ち止まれば、浪間に融け落ちる色とりどりの別れの
握手を、切り離された約束を、一本、もう一本と。
サディスティックな銅版画家を待ち詫びながら、

Not only is it seen

甘美な姿見の前で幻の花嫁は傷つけられている、
祝福のための生贄、けれど失ったものを定め切れずに、マリア・
ベールの輝きとロングトレーンの過去、そして、新しい生命の予兆
さえ沈黙に抱きながら。

それは漣のようなもの、
外側の幾重もの視線に晒された、

腫れた瞳、切れた薄い唇に、女なら女自身の瞳に手を当てたかもし
ない、あなたならあなた自身の唇を舐めたかもしれない、同心円に
広がる漣の連鎖は、決して途切れることもなく、どこまでも続いて

いくことに予断はない。

舌先に施された穴は虚無そのもののような無力のシンボル、
やがて羞恥となる何か。

主体を剝ぎ取られたことが花嫁の存在にいっそう重みづけする。
額につけられた印を視ることが目的ならば、近づく必要もない、増
えた視点はひとつひとつ丁寧に固定され、漣がさらなる波を呼び込
むのをこうして待っている、わたしたちの身体の延長のその先に、
キュビズムという痛点の像を結んだ、

背を丸め、波に呑みこまれた花嫁のその所在の真上。

振り上げられたこぶしは、何のために振り上げられたのだろう、姿
見に決して映しだされなかったものは、

傷ついたのは誰でもなく、
傷つけられたのは幻の花嫁。

けれど過ぎ去っていく、ときの足どりのせつなさと、落とした互いの両肩にのしかかる未来とを語り合う、あたらしい言葉を、その到来を、朝焼けのなかに探しながら、

*

老いた獣医と
手当てされた白兎
彼の大きな手が兎の背中を押しだしている
わたしは両腕を広げ
抱きあげる
シンプルなぬくみ

不在

女とふたり、まだ出会う前に彼女が住んでいたという学生街のアパートへ向かう。枯葉がベルボトムの裾とブーツに蹴り上げられ、そのたびに周囲は秋の香で満たされる、夕暮だ。
入り組んだ路地に入り、コーナーを何度も曲がる、その一角にある透明なアパート。

A棟へ続く階段をのぼると、向かい側にB棟が現れた。B棟のファースト・フロアは消滅し、セカンド・フロアだけが空中で揺れている。部屋のドアが向かい合わせに一列に並んだ、無限に続く鏡像、出会う前、女は（零3－T）という番号の暗い部屋を借りていた。

ここにいるからと、後ろ姿は既に別の女のようだ。だけど声だけは同じままで寂しげに泣く。


中に入ってすぐにある右手の壁には棚が並び、棚には古い本やアルバム、レコード、ガラス瓶などが年代順に置かれている。

皮表紙のアルバムの中の画像は、出会う前、そう、出会う前の、女の画像。

生まれた直後、乳母車の上、おもちゃのマイクを持ち、カメラに向かって歪に笑う、出会う前の、ブランコを拒み、学生かばんを燃やし、ソファで瞑想している。

出会う前の、女はいつでもひとりだった。誰かといっしょに映っている画像は一枚もない。言葉どおりだ、

「あなたと出会うまで、いつもひとりだったの」

丸テーブルに置かれたガラス瓶を手にとると、出会う前の、それは女の左手だった。爪のかたち、指の細さがそう告げていた。

所狭しと、並べられた、瓶漬けになった人体各部は、出会う前の、くるぶし、踵、脛、爪先、膝、大腿部、腰、腋、ひじ、二の腕、あ、それは出会う前の、紛れもない乳房、長い髪、首筋、臀部、頭部、そして骨。出会う前の、寸断された身体、まとまりを欠いた時間、名づけようのない過去の断片。

まだ出会う前の、ここは女の標本部屋だ。

私は彼女の内部にいる。

彼女の不在という内部に。


激しい動悸で目を覚ます。

ひどく喉が渇いている。キッチンにおり、冷暗所に常備してあるペリエのキャップを取り外す。コップには注がず、そのまま口をつけるが、それは私の喉を潤さず、すべて床に零れ落ち、波のように砕け散る。

大切なものはみな、私をすりぬけていく、それも出会う前に。

反復衝迫、罪の意識だ。

真夜中なのに、さっきまで夢を見ていたはずの寝室の電話が鳴り始める、私は受話器を耳に当てる。無言。電話が切れる。

三回繰り返す。四度目に女が言う、出会う前の澄んだ声で。

「おかえりなさい、ずっとまっていたのよ」


夜明け前、本当に目覚めると、部屋は必要以上に肌寒い。

私は女のことを思う。

どこかで私を求め続けている、いまだ出会っていない女を思う。


女が私を許すことは決してない。

有刺鉄線の夏

いったい何に追われ、ここまで歩いてきたのだろう、

どこにでもある朽ちた木造校舎の、
割れたガラス戸、剝がれた床板、
一脚だけ残された椅子に折り重なっている、破れた夢のかずかずを、
非人称の代わりとして目撃している。

集められた亡霊たちが嗤っている、青空のもと、
しずかに抱き合っていた、
沈黙の重みも、ことばの、いいえ、軽薄なメランコリアの差異にも
気づかぬふりをしながらの、それはシステム。

気まぐれな母たちの現前と不在とが織りなしている、いまの相貌を、
ゆるせなかったと噎びながら、原父を懼れ、自分の名さえ懼れた、
地図にない所在地を、足掛かりにして。
（地図にさえない所在地こそを、足掛かりにするしかなかった。）
出会い続けている、そして。

何に恋い焦がれ、ここまで辿りついたのだろう、

水のない清潔なままのプールの、
監視台からの無数の視線、はしゃぎまわる呼び声、
すべて背後に、いまでも抱き合っている。

青空、生に埋め込まれ、失われた生を慰藉しつつ、

世界を語り尽くすことはできない。そしてなによりも、世界は私を驚かしうる。それゆえ、典型的な物語の世界は、私にとってあくまでもスタート地点にほかならない。典型的な物語とは、言語によって課される「初期設定《デフォルト》」であると言ってもよいだろう。私はまず、言語が見せる相貌の世界に立つ。そして、世界の実在性に突き動かされ、新たな物語へと歩を進めるのである。

（野矢茂樹『語りえぬものを語る』より）

代わりにやってきた少年

男が女と去っていく。うしろすがたがいつもより細い。外は風が強い夜半なのにマフラーをしていない。その首筋が傷だらけだ。

男は名を呼んでも振り向かないから、歳をとりながら、少しずつどこかに捨ててきたのだろう、そういうことならベッドでいつか聞いたような気がする、涙と握りこぶしでできたような男と男のベッドだった、気に入っていたけれど置いていくとうつむきがちだ、新しい女とはサイズが合わない、あとで銀河系の女主人が取りに来るから、暇だったら銀河系の二階に運ぶのを手伝ってやって欲しいと、不意に見せる泣き笑いのような貌がまぶしい。

過去の名を辿ってもいいかと尋ねるとだめだと答える、そんなことをしても意味はない、それよりはシャルル・ペギーをちゃんと読んでくれ。

玄関まで見送ると、いつかの少年が上がり框に腰掛け、ぼんやりした目で母親を探していた。あの子も置いていくのかと尋ねると、もちろん、もう要らないんだと真顔で答える。

前にも話したと思うけれど、ああやって上がり框に座っていたときが自分という存在を意識した最初の瞬間だった、留守番をしていたことは分かっていたのに、母をずっと探していたような気がする、季節は真夏で、手にしていたアイス・キャンディーの融けた果汁が気持ち悪かった、父はすでにいなかったから、書斎にあった本の背表紙の文字を順番に覚えていった、俺を好きだと言った少女の名をそこに見つけた、あの子のことは、君に任せるよ、そういうこと、得意だろう?

男の言葉を聞き流しながら、リビングに向かう。東南の空に向けられた窓を開けると一斉に蝶が飛び込んできた、ずっと中に入りたかったようだ、蝶は過剰な色彩を持て余した季節のように部屋中を舞い、あっという間に死骸になった。それでも美しさに変わりはない、箒を取り出してリビングの床を掃いているときに少年がやってきた。それでやっと男の本当の名を思い出した。

代わりに泣き始めた少年に苛立ち、すべての壁に取り付けられた液晶画面のスイッチを入れると、当然のようにときが映し出された。一九一八年、一九七二年、一九五五年、一九四五年、二〇一五年、二〇二七年、一九六二年、少年は頬に涙の跡を残したまま、食い入るように眺めている。男が好きだったミルクティーをティーポットで手渡すと、何もない床に座り込み、縁の欠けたカップでゆっくり飲み始めた、少年が眺めているその間隙に、チェストの抽斗をひっくり返す、ライティング・デスクに何か残っていないか調べる、クローゼットを開けてみる、セットになった真新しいソックスがきちんと揃えて並べられてあった、男らしい几帳面さだ。

痕跡を何も残さずに立ち去ることなんて誰にもできない、第一、わたしの体に残っている、これは死ぬまで消えないだろう。男は明日には戻ってくるかもしれない、ソックスを取り戻す、ただそれだけのために。

少年の横顔は男によく似ている、目が細く、ほとんど無表情だが、礼儀正しく話し、丁寧に笑う、少しずつ、でも確実に歳をとっていけばいい、名は決して捨てないで、心の中でそう呟くと、何？　と声を出して目を細めた。ガラス細工だ。ガラス細工でできた心臓だ。耳をすますと男の鼓動が聞こえた気がした。

新しい一日がやってきた。蝶の死骸は少年とふたりで海に流した。わたしには見覚えのない海だった。

父が倒れたとき、僕は十数年ぶりに母に会った。

母は、かつて僕が誰よりも慕っていた女とは別の女になっていた。一緒に暮らしていたときは、もっとぼってりとし、輪郭もぼんやりしていたが、それが背中からウェスト、ヒップのラインのくっきりとした美しい女に変わっていた。十年分、齢をとったはずなのに、瞳の色は淡く鮮やかで、目元の皺さえ柔らかく深く、見る人を惹きつけるようだった。一瞬、目の前にいるのが誰だか分からなかったほどだ。

僕は思わず目を逸らした。

母はそのとき、父と別れたいきさつを説明したがっていたが、僕は話もろくに聞かず、さっさと席を立ち、自分を受け入れてもらおうと必死な母をその場に置き去りにした。僕は僕なりに腹を立てていたからだ、父を棄てたことに対して。父とこみで僕をも棄てたことに対して。そして、そのときの母の美しさに対して。

だけど、そんなことするべきではなかった。少なくとも、話くらいはもっと聞いてやるべきだった。今ならそう思えるが、そのときにはどうしてもそれができなかった。

母は、父と僕はそっくりだと言った。後ろ姿や笑い声、首の傾げ方、ふとした拍子に見せる表情。

そういうのって、どんな感じか、きっとあなたには分からないと思う、母はそう言ってさびしそうに笑った。幸せだった、でもそれは、私を必要としない幸せだった、と。


僕は下を向き、数年間、昏睡状態のままでいる父の顔を改めて見つめた。

点滴の反対側には心電図があり、小さな電子音が定期的に父の命を刻んでいた。そして生命維持装置。そのすぐ脇にある父の顔も首筋も皺だらけで、白髪が混じった髪は便宜的に短くカットされている。無精ひげにも白さが目立った。唇は薄情そうに曲がり、鼻に小さく丸く、顎にややしゃくれ気味だ。二重瞼はひっそり閉じられている。父がその瞼の向こうで何を見ているのか、僕には見当もつかない。あるいは父にとっての永遠の女でも見ているのかもしれない。

そういえば、と僕は思う。永遠と一日、お前を愛すると謳いあげた詩人がいた。詩人の名はどうしても思い出せなかったが、そこには不思議な精確さと響きがある。


それから、父がかつて、寒空の下、僕を連れまわした夜のことをふと思い出した。

まっすぐ歩けないほど酔っ払っていたくせに軽トラックを運転し、かもしかを見せると言って父はきかなかった。この辺りに絶対にいると言い張り、沼の畔で車のエンジンを止め、そのうち自分だけさっさと寝てしまった。中学生になったばかりの僕は不安で仕方がなかったけれど、その不安が、逆に僕を父に近づけたのだと思う。父は哀しかったのだろう。それは対象のない、ぼんやりとした哀しみだったに違いない。

僕は翌朝、父に、かもしかなんて見なかったと言った。

それは嘘だった。

明け方、小便で目を覚ましたとき、そこにかもしかはいた。立派な牡のかもしかだ。沼の水を飲んでいた。僕が少しだけ体を動かすと、アオの寒立ちといった格好で、じっとこっちをうかがっていた。僕はたまらなく嬉しかった。かもしかに会えたことも嬉しかったが、それ以上に、父の言っていることが本当だったことが何より嬉しかったのだ。

けれど僕は次の日、嘘をついた。つかずにはいられなかった。かもしかなんか出なかったじゃないか、僕をあんなところに連れ出して、どうするつもりだったんだ、寒かったし、酒臭くてこっちまで酔っ払いそうだった、さっさとアル中を治してくれ、そう僕は言った。

そのときの父は、母が出ていったときと同じ顔をしていた。見たくもないものを、無理やり見せられているような、そんな表情だった。

平日でも、駅に近いその大学病院は人でごったがえしていた。いつの間にか改装され、入口の真正面には有名な彫刻家が造形したオブジェが飾られていた。医師も看護師もみな親切で歯並びがよく、清潔な制服を身に付けている。そして同じように笑い、同じような受け答えをしている。

それはどことなくよそよそしい風景だった。喋り方もひっそりとして抑揚がほとんどない。その地方独特のイントネーションも消えている。患者も、見舞客も、だ。

間違った場所に放り込まれた、間違った生物のような居心地の悪さを、僕は感じ始めていた。平板な風景画の中で、父と僕のふたりだけが、今までどおり生きて息をしている、そんな気がした。


僕は腰をかがめ、父の耳元に向かって囁いた。

「父さん、聞こえる？　僕の声、聞こえているよね？　たった今、この病室にかもしかが現れたんだ。あんまり大きな声を出すと逃げちゃうから小声でしか話せないけど、父さん、間違いなく、父さんのかもしかだよ。ずっと父さんに会いたがっていたんだ。目を見ていれば分かる。すごく透明で、まるで澄んだ湖のような目だ。

でも父さん、そのかもしかは血を流しているんだ。体中から吹き出ている。その血はね、父さん、父さんの血だし、僕の血でもあるんだ。僕にはそれが分かる。ひょっとしたら僕らだけにしか分からないのかもしれない。

だからさ、父さん、早く目を開けてくれよ。目を覚ましてほしいんだ。父さん、僕らを助けに、そして僕らから助けてもらうために、彼は遠い、遠いところからこの病室にやってきたんだ。父さん、頼むから、起きてくれ。そしてこれ以上、僕をこんな場所にひとりきりにしないでくれよ、父さん、早くしないとかもしかは行ってしまうよ、父さん、父さんのかもしかなんだよ」

一瞬、父の頬が緩んだかのように見えたが、見間違いだったかもしれない。僕にはもう、父の笑顔も声も、そして泣き顔も思い出せなくなっていた。

病院から帰宅して、部屋に入る前に郵便ポストを覗いてみると、一枚のはがきが届いていた。

差出人の名前は書かれてなかったが、誰からかはすぐに分かった。土星の写真が裏に載っていたからだ。こんなことをするのは、彼女しかいない。そのとき付き合っていた人妻の彼女だ。僕はそのとき、あろうことか人妻の女と寝ていたのだ。かつて天文学を学んでいた女。星のことなら何でも知っている。一番新しい超新星の名から、星占いの歴史まで。

神経質そうな小さな硬い文字で、はがきにはこう書かれていた。

「土星環は、あなたもご存知のとおり、ときどきとてもきつくなります。まるで、何かを捕らえて決して離そうとしない、足枷のように。」


僕はそのはがきをシンクの中で燃やした。

そしていつものように、東の空が明るくなるまでドストエフスキーを読みながらウィスキーを飲んだ。

翌日の昼まで一度も起きなかったが、僕に似た誰かが父の生命維持装置のスイッチを切る夢を見て、飛び起きた。部屋には、カーテンの隙間からこぼれる真昼の光が細かい塵を照らしていて、いつも僕が起きると駆け寄ってくる飼い犬がその日は見当たらなかった。隣部屋の子どもがかわいがっていたから、夜の間にそっちに寝返ったのだろう。飼い主に愛想を尽かして。よくある話だ。

僕はしばらくベッドの端に座ってぼんやりしていた。久しぶりにむしょうに煙草が吸いたくてたまらなくなったが、あいにく切らしていた。土星環の彼女が嫌がったからだ。煙草の煙のせいで、何もかもが燃え滓になったように視えるからというのが理由だったが、それもでっちあげだったのかもしれない。

僕は彼女と最後にしたセックスを思い出した。そして立ち上がり、バス・ルームに駆け込んで、昨夜飲んだウィスキーをすべて吐き出した。どんなに吐いても、ウィスキーは、地の底から湧き出てくる伝説の泉のようで、きりがなかった。

そんな嘘にまみれた生の中で僕は、自分が本当の本当にひとりぼっちになったことに、やっと気づいた。

ザルペチョ、あるいはパイプと珈琲のある風景

「煙草とコーヒーはぴったりのコンビさ」
「寝る前にコーヒーを飲むと猛スピードで夢を見れる。インディ500のレースみたいにびゅんびゅん夢が変わっていく」
（ジム・ジャームッシュ『Coffee and Cigarettes』より）

数年前のことだった。

パイプを咥えながらデッドライン間際の論文執筆中に噂を聞きつけてやってきた女は、新しくできたメイド喫茶のナンバーワンウェイトレスで、今、休憩中なの、と半地下にある俺の部屋の天井下の窓の外、つまり路上三〇センチメートル付近、初冬を行き交う人々のむこう脛辺りを凝視しつつエクスキューズまがいにぶっきらぼうに言い放つと、シニヨンに纏め上げた亜麻色の髪に付

けたホワイトブリム、白色のフリル付きカチューシャを、書棚の硝子戸を鏡に直しながら、この地域では珍しいヴィクトリアンタイプのメイド服のピナフォアを外し丸テーブルの向こうのアームレスチェアの背もたれに皺にならないようにふわりと掛け、恐らく、自分でも気づいているのだろう、上背が一五〇センチメートルもなかったから大ぶりのハイネックの黒ドレスは、まったくもって似合っていなかったが矯正済の真っ白い歯とピンク色の歯肉との見事なコントラストを誇示し、二八年というメイドとしてはやや長すぎる半生を話し始めかけた、が、俺はそれをタイプライターから離した両手で嫌味にならないように注意深く制し、ワンブロック先にある煙草屋の親父に無理やり入荷させているボルクムリフをまずは指先を真っ黒にしながらチャンパーに詰め、極東の島国から取り寄せたエメラルド入りライターで小さく火種を作って何口か喫ったあと、アップルベントのシェイプと、どこまでも自然で美しいコントラスト・ステインにブライア以外の素材でできたボウルを左手に馴染ませると、マウントに施されたオリーヴウッドの色彩の柔らかさにいつものように見とれながら、女の名をとりあえず林檎にすることにして、そちらへ体を向けながら、窓を閉め切った部屋の、ベージュのクロス張りの壁とセットになった薄いカーテンにボルクムリフの独特のきつい匂いが付着することだけは我慢ならないと、まだ二〇代にもかかわらず（或いは二〇代だからか）甲斐性のない亭主が気の毒に思えるほど猛牛のように肥ったアラウンドフォーティの女家主が嫌っていた事実を思い出し、かつて付き合っていた人妻に買わせた空気清浄機のスイッチをいれた途端、その人妻の当時の性根までもが蘇りそれにもうんざりしたので、せんだって俺が助けてやった、底なし湖沼の畔でひっくり返って元に戻れなくなった、軟体を裡に含んだ甲殻類生物の、黒い外骨格から伸びた変幻自在な触手とその先に付いた幾つもの悲痛な表情を浮かべた顔部を思い出すと、僅かではあったが精神が落ち着きを取り戻し、そうだ、あいつをこれからザルペチョと呼ぼうと、そのネーミングのセンシティヴィティにほくそ笑み、一方で林檎のくっきりとした二重目蓋に迫られ、幻のコーヒーを飲ませて貰えるって聞いたのだけれどと、遠慮がちに尋ねるハスキー・ボイスに聞き惚れている。

名前はなんだったかしら？　と注意が顛倒しがちで多動傾向にある林檎の目の前で露骨にため息をつく訳にもいかず、幻のコーヒーをサーヴするための条件を、他者には弱く、甘い俺自身のためにも反芻すると、一、半生におけるもっとも奇妙な経験を語ること、或いは、二、完璧な敬語をマスターすること、もしくは、三、ハンドメイドのパイプを持参することの三点のうちのどれか一点を必須項目として訪問客には必ず挙げておいたのだったが、林檎は言うまでもなく後者二点には該当せず、ついでに言うなら俺はヴィクトリアンタイプのピナフォアには欲情しないから、換喩としてのその半生にも興味なんか湧く訳がないと思い当たったところで、できる限り失礼にならないように林檎に帰宅してもらうためにはどうしたらよいか思案し始めたのと同時に寝室でザルペチョが奇妙な高音で鳴き喚き始め、それに反応した林檎の、何の音？　と言いたげな眉間に寄せた皺はチャーミングだったがそれ以上にはならず、俺はザルペチョを威嚇するべく故意に大きな音を立ててアップルベントを灰皿に叩きつけては吸い殻を取り出し、新しいボルクムリフを詰めながら、いやね、通ると穢れると伝承されている湖沼の畔にしか棲息しない生き物をたまたま見つけて拾って来たのだよ、君、女家主には内密に頼みたいのだが、え？　アラウンドフォーティの女家主のことを知らない？　この辺りでは有名なのだがまあ、いい、それでね、例のコーヒーはその生き物の吐瀉物が原材料なのだよ、実際、偶然の発見でね、君、その生き物の吐瀉物を俺はせりあがる胃液に耐えながらビニール袋に集めて生ごみとして棄てようとしているところにたまたま懇意にしている義眼のコーヒー職人がやってきて驚いてね、寸でのところでその奇特な吐瀉物を棄てずに済んだという訳なのだよ、そしてそれをコーヒーフィルターに入れてだね、沸騰した蒸溜水で淹れて飲むと……と、ここまで一気に話してしまうと、恐怖のためか林檎の頬は真っ青になり、ピナフォアを抱え慌てて帰っていったがやれやれ、やっかいな女だったな、と俺は立ち上がり寝室に向かうとザルペチョは、ドア付近からベッドの下までざりざりと音を立て逃げるように隠れてしまったのは、鋭すぎる嗅覚に人間の体臭が致命傷になり兼ねない繊細さからだと義眼のコーヒー職人は得意顔で説明していたが、甲殻の裏には微絨毛のような無数の短い足が付いていて、蠕動するとそこから細胞液が滲み出る仕組みゆえ、ザルペチョが通った跡は必ず床が滑り、またその匂いもたまらず、だがそれも人間の体臭の濃度とダメージに依ると聞いてからの俺の罪業感は筆舌に尽くしがたく、と同時にザルペチョが愛しくてたまらない。

翌日訪れた少女——腰まで伸びた髪をおさげにし、フリルがふんだんにあしらわれた臙脂色のビロードのワンピースの白い胸元に瑪瑙の小さなブローチが鈍く光り、ベージュがかったシルクのタイツに黒いエナメルのアンクルストラップの靴はどこから見ても高価なもので、いずれのブルジョワジーの孫娘かと思わせたが、その右手には赤味がかったスムースボウルのパイプが握られており、即座に作家と喫煙具合を調べたい俺の欲望を察したのか、少女はじらすように流し目で俺を誘い、パイプを背後に隠し、コーヒーが先よ、と大きく口を開いたのはいいとしても、その口腔からは音声が一切発せられず、それが返って俺の欲望を煽ぎ、また俺の欲望に反応したかのようにザルペチョが寝室のドア付近を無数の触手の先の顔部に付いた齧歯でがりがりやりだしたからたまらなかったが、待っていましたと言わんばかりに少女——彼女のことはキウイと呼ぶことにしたが、キウイの両目は大きく見開かれ、ザルペチョ？　いるの？　とどこでその名を知ったのか、またもや大きな口を開け、今度は熟しかけた柘榴の舌と薄桃色の軟口蓋、硬口蓋、口蓋垂の並びが輝かしいあまりに俺は眩暈がし、やはりそれに呼応して寝室でザルペチョが失神したのが分かる。

身体を含め「もの」にはすべて欠如が伴い、その欠如を埋めるべく、備蓄された何かによって欠如はやがて「過剰」に変貌していく、その過剰が俺を煽情し、その煽情がザルペチョにも伝播し、俺、ザルペチョ、俺、俺、ザルペチョ、俺と循環する遠心力的滑稽は、この大人しく、またずる賢そうなキウイにはどのように映るのだろうかと赤面しながら、表情のない大きな目を覗き込むと、そこにもやはり抑制の一切効かなくなった過剰が渦巻いているようで、それでも辛抱強く、赤いトマト系ボウルのパイプ、ただそれだけのために辛抱強く、ただただ辛抱に辛抱を重ね、俺は口を閉ざしていたのだが、何につけても凝り性で同時に飽き性の俺はついに観念し、ザルペチョ、見る？　と立ち上がると、キウイは、はい、ハンドメイド・パイプ、アメリカ人作家のものよ、とやはり口を大きく開け、ふと見ると右頬の内側に白く膿みかけた口内炎ができているのことが視てとれ、キウイへの興味はすっかり消え失せ、寝室の場所だけを指さし、自分はライティング・デスクに向かい照明をつけ、件のパイプを丹念に調べ始めたころに、寝室のドアが開いたのが分かったのだが、それへの興味は、キウイが持参したパイプの持つ、口を大きく開いた麒麟の頭部を模した疵一つないボウルと、心憎いオーナメントステム、シャンクに施されたセミブラストのリンググレイン……パイプ全体を逆さにしたとき、ボウルが麒麟の頭部に見立てられるよう工夫されている、繊細で可憐、また遊び心のある職人芸には到底及ばず、絶妙な細工に思わず唸り声をあげていると、寝室は急速に静まり返り、まるで吹雪いているかのような冷気が俺の首筋と背中を襲ったが、ザルペチョの細胞液と人間の涙が混ざると激しい吸熱反応が起こることは例の義眼のコーヒー職人が訳知り顔で教えてくれた最重要項目で、だからザルペチョと一緒にいるときには決して泣いてはいけないとキウイに忠告することを思い出したが既に手遅れ、戻ってきたキウイは瞳を涙で爛々と輝かせ、ドレスの色がオフ・ホワイトに変わってしまったわ、と満足そうな笑顔を見せ、そして無声、お祖父様への言い訳を考えなくてはならないわねと、俺にはそれだけを言い残し、やはり無声、ドアを出ていったキウイの細い足首とアンクルストラップのエナメル靴の立てる足音がどこまでも侘しい。

その日の夕刻、訪れた伯母とは、幼少時こそ長い睦月を過ごした記憶が鮮明で、それがいつしか自分自身へのコンプレクスと感じるようになったのだが、その由来さえ定かではないことがいっそう俺をして苛立たしめ、更に伯母とは精神面においてはますます疎遠になっていく悪循環を断ち切れずにいるのだが、そういった人間同士の心理的襞、罪連関こそが俺の研究課題であり、それはともかく、その伯母のモスグリーンのバッスルスタイルのドレスはあまりにも不似合で既に死滅しかけているモードの虜になっているのは明らかで、この古い

ドレスこそが伯母の象徴だとも言えるが、あえてベンヤミンを引用するならば、

モードとは、女を使った死の挑発であり、忘れえぬかん高い笑いのはざまで苦々しくひそひそ声で交わされる腐敗との対話に他ならない。これこそがモードである。それゆえにモードは目まぐるしく変わる、モードは死をくすぐって、死がモードを討ち倒そうとしてそちらを振り返ると、とたんに別の新たなモードに変わってしまっている。だからモードはこの一〇〇年の間、死と対等に渡り合ってきた。

（ヴァルター・ベンヤミン『パサージュ論』より）

であるからして、そこから更に俺の夢想は飛躍し伯母をバンブーと呼ぼうと決意するのだが、伯母の乾いたバンブーグリーンの唇から発せられる言葉は、自らの保身と安寧を目的とした俺自身の結婚観への批判であり、労働と名の付くすべてを拒否した私人として蟄居することへの侮蔑であり、また経済的活動、要するに交換価値、使用価値の双方から切り離された愛玩的価値と、その蒐集のみに集約されるパイプへの偏愛の苦情なのだが、決して安価とは言えない家賃を滞納しそうな折には、恥辱を押し殺しては伯母のもとへ無心に行くのだか

ら、反論する訳にもいかず、その事実に、今夜の寒気は堪えるね、などと愚にもつかないことを口走る俺であったが、そんな小心な俺を鼻で嗤う伯母がアンティーク、しかもオートクチュールであろうハンドバッグから取り出したのは、極東の島国の、そのまた小さな半島でしか採取することのできない黒竹のシャンクを持ったややベンドがかかったブランデーグラスシェイプのブライヤーパイプだったから眼を見張ったのだが、どうやら伯母の許婚だった戦死した男の母親が遺品整理をした際に見つけたものを、伯母のもとに送り届けてきたらしく、伯母にとってそれは既に意味すら持ち得ない代物で、所用があるついでに立ち寄ってみたと言う伯母、もとい、バンブーのグリーンの細い節くれだった指から恭しさを装いながら受け取ったそれは、俺が長い間欲望していた根竹のパイプで、シャンクがやや長い割にボウルが小ぶりなためか他のパイプと比べてもさほど嵩張らず重くもなく、咥えながら作業も可能であることが一瞬に見て取れ、それゆえ俺の全身からは多幸感がオーラのようにあふれ出ていたに違いなく、常日頃、存在自体が胡蝶の夢であると確信してやまない俺は既に奇妙な浮遊感、離人感に包まれ、かの愛しいザルペチョがその触手から顔部を消し去り、針金のごとく鋭く変形させ鍵のかかった寝室のドアを開け無音のままリビングにやってきたことに気づくはずもなく、どのくらいそうした忘我の境地にいたのか、我に返って周囲を見渡したときには既に、見るも無残なザルペチョの、切り刻まれた死骸が散乱しており、その死骸からしたたり落ちる半透明のブルーの細胞液からは、これまで嗅いだことのない甘酸っぱい柑橘類に似た芳香が漂っており、バンブーに至ってはその香の真っただ中で恍惚の表情を呆けたように浮かべながら、やがて、だって、お前ね、こんなおかしな生き物がいたら、それこそ嫁の来手だってありゃしないだろう、おまけにこやつは廊下からあたしのジゴ袖に飛びつき、その薄気味の悪い無数の触手であたしの首を絞めてかかってきたんだ、あたしが何をしたって言うんだい、え？　あんたの殺意を察したかもしれないだって？　馬鹿なことをお言いでないよ、あんたのような小心者が誰に殺意を抱かなくちゃいけないんだい、それにあんただってあたしに死んでもらっちゃ困るだろう、だから必死でキッチンに向かい、肉包丁でこいつの触手をまず一本切ってやったんだ、するとすぐに怯えだしてね、逃げるわ、逃げるわ、まあ、いささか不憫でもあったがあんたのためでもあるのだからと言い聞かせてね、壁際に追い詰め、残った触手をすべて切り刻んでやった、するとそいつのからだは次第に薄桃色に変わっていって、何かを恥ずかしがって全身を小刻みに震わせながら、切なげな声まで出して、神に詫びるかのように、それから命乞いするかのようにね、だけどすべてあんたのためだからね、外骨格はそこにあった花瓶で割ってやったよ、それからはあっけなかったねえ、みるみるうちに縮んで動かなくなっちまった、それでもあたしは肉包丁の手を緩めなかったよ、しばらくすると半透明のブルーの液体が傷口から泉のように湧き出てきたんだ、最初の体液がもっともいい匂いだったね、どうして集めなかったかだって？　なんだってそんなこと、このあたしがしなくちゃならないんだい？　それより、なんだってこのあたしがこんな目に遭わなくちゃいけないんだい、せっかくの街服が台無しじゃないか、それというのも、あんたがちゃんと結婚しないからいけないんだ、と睨みつける。

バンブーを帰した後でザルペチョの死骸を集め、生ごみ用の袋に詰めながら俺は自分の半生を振り返った。プロレタリアートの三男だったから、親に大事にされた記憶はなく、学習能力だけは昔から長けていたということもあって最高学府に進んだものの、それも単にモラトリアムに過ぎないことは誰よりも自分が承知していた。付き合う女は人妻ばかりで、女が俺にのめり込む素振りを見せるや否や、旦那や子どものことを仄めかし、他の人妻のもとに逃げ込んだりした、そんな俺のところになぜザルペチョが居続けたのか分からない、いつだって逃げ出せる状況にあったからだ。細い触手を使って、微絨毛の足を動かして。

或いはザルペチョはそんな俺を、失われた半身のように希求し憐れんでいたのかもしれない、そう思いついた途端、俺は吐いた。シャワールームに駆け込む余裕がなかったので、ザルペチョの死骸が詰まっている袋の中に吐いた。昨日食ったハムとレーズンバターのサンドウィッチ、ブルーベリーのベーグル、サニーレタスと赤カブと大根のサラダ、ウィスキー、つまみのサラミ、青かびのチーズ、オムレツ、フリッター、ポタージュ・スープ、パンプキンのニョッキ、ニシンのオリーヴ漬、ウィスキーに飽きたときに飲むペリエ、ベルギー産のホワイトチョコレイト、マカロン……。胃の中が空っぽになってもまだむかむかしていたので、水道水を大量に飲み、それをそのまま吐いた。これ以上吐いたら俺自身まで吐いてしまいそうだと思ったちょうどそのとき、例の義眼のコーヒー職人がやってきて、ふうん、というふうに俺と、ばらばらになったザルペチョの死骸を交互に見て、これ、もらっていっていいか、と訊いた。答えようがなかったので黙っていたら、彼は承認されたと思い込み、袋の口を堅く締め、更にもう一枚の袋に入れ、部屋を出ていった。大丈夫か、もなければ、ありがとうの一言もなかった。それが義眼のコーヒー職人を見た最後だった。

それから訪れたのは奇妙な閑さだった。俺はその閑さの中で寝起きし、ほとんど何も食べずにやせ細りながら論文を仕上げた。やがてバンブーは死に、アラウンドフォーティの女家主は病に倒れ、二〇代の亭主が家主になると家賃は各段に安くなった。もともと家賃など取れる部屋ではなかったのだ。煙草屋の閉店を機にパイプの蒐集も辞めた。論文が認められ、同テーマの本を二冊、出しただけで俺はその分野の権威と見做されるようになったが、奇妙な閑さだけはそこにあった。夢のように陽だまりのように愛の痕跡のように、それはただそこにあった。俺という存在の欠如、或いは過剰の結果として。

俺はまだ半地下の賃貸部屋にいる。

未婚のまま、コーヒーも一滴も飲んでいない。

角端

　哺乳綱偶蹄目反芻亜目キリン科キリン属キリン、世界でもっとも背が高い。中国では昔から霊獣のひとつに数えられ、世界中至るところに生息するも、人前に現れることは滅多にないため、その姿を見ることは民族争乱と、同時に、あらゆる睦まじさの予兆だと伝えられている。外見は鹿に似て、二角、あるいは一角、龍の顔、牛の尾と馬の蹄を持つ。体毛の青い個体を聳弧《しようこ》、赤を炎駒《えんく》、白を索冥《さくめい》、黒を角端《かくたん》、黄色を麒麟と呼んだが、背中に五芒星を持つ濃いグレーの角端は特にキルギス地方、イシク・クル湖、古称熱海《ねつかい》の畔で多数目撃されている。これは、その、角端を何度も目撃した男の話である。

「そこに山羊を連れていくわけ？」と私は訊いた。狭い移動式ゲル、ユルトの中で私はその男の真向かいに座った。目の前に出された、塩分の強い水で溶いた小麦粉とトウモロコシの滓をこねて焼いた食べ物をつつく。最初に口にしたときあまりのまずさに嘔吐した食べ物。

「死んだ山羊だよ、いちばんいいのは」と男は続ける。

「死んで三日くらいたった山羊さ。腐臭が強いからね。寄ってきやすくなる」

「つまり、十時間車に乗って……」

「車は警戒されるからね、途中から電動式リアカーに乗り換える。日本製の電池は、だから貴重なんだ」

「それで荒野を走るわけ?」

「たぶんね」

「死んで三日たった山羊を積んで?」

「死んですぐのを積んで発つ。三日も待てばやってくるだろう。それともうひとつ。言うまでもないことだけれども、必ずしも角端を目撃できる訳ではない。慎重な生き物だからね。何日間かそこでふたりで野宿することになる。夜行性だから昼間に見ることは無理だね、だけど皆無というわけでもない」

「気温差は?」

「何?」

「夜と昼の気温差のことよ」

「そんなの心配ない。キルギスは中国やウイグル自治区と違って地中海性気候なんだ、雨も少ないし、この季節でも温暖だよ」


キルギスに入ると男は途端に無口になった。もともと口数の少ない男だったが、今ではむしろ内閉していると言ってよい。葉巻も一切取り出さない。その時点で気づくべきだったがもう遅い。私は男が用意した暗視用カメラのファインダーを覗いた。昼間は男が監視し、夜は私が監視した。昼間のほうがいいと何度も主張したが、男は絶対に首を縦にふらなかった。

野宿して二日目の夜、角端は現れた。季節のせいでグレーの体毛は伸び、殆ど地に着くほどだったが不思議なことに汚れてはいなかった。それが夜風に揺れている。花をつけている植物を避けながらひっそりとやってきた。背中に五芒星がふたつ付いている雄の角端だ。時々こちらに視線を向けたが、腹這いになっている私には気づいていないようだった。脇に眠る男の肩をつついて起こした。私は夢中になって暗視カメラを覗いていた。だから目覚めた男がそのとき何をしているのか、気づかなかったのだ。

角端はイシク・クル湖の、冬でも凍らない水を飲み、それから腐りかけた山羊の首筋を白い舌で静かに舐め始めた。前脚をおり、大地に跪いた格好で、長い首を山羊に近づける。何度も上下する顔が見える。角端の呼吸音、心臓の鼓動まで聞こえてきそうな静寂だ。それは文字通り、夢のような光景だった。一瞬、死んだはずの山羊が息を吹き返したかのように私には見えた。山羊は目だけを角端に向け、僅かに顔を持ち上げる。すると角端はそれに鼻先をこすりつける。間もなく山羊の肉はみるみるうちに土に還っていく。それが、私がそのとき目撃した光景だった。

何がきっかけだったのだろう、角端は不意に私に向かってやってきた。遠くからは二角に見えたが、一角だった。逃げたほうがいいかもしれないと頭では分かっていたが、体は言うことをきかなかった。気づいたときには暗視カメラを横に置き、角端に向かって私は右手を伸ばしていた。オッド・アイだった。死ぬのかな、あの山羊のように、何かを舐め取られるようにして。

角端が首をおろし、私の右手に鼻先を近づけたとき、ヒュッと奇妙な音がして角端の首に何かが刺さった。毒矢だった。男が放ったのだ。しばらくすると角端は前脚を折り、大きな体躯をふわりと大地に投げ出し、頭部を私の膝の上に乗せて横たわった。どんな毒矢なのか、見当もつかなかったが、死ぬのにはもう少し時間がかかりそうだった。

角端の呼吸はやはり静かだった。死ぬときでさえ静かな生き物なのだ。その青いほうの瞳が何か言いたげだった。私は角端の口元に耳を持っていった、言葉が聞こえたような気がしたからだ。それがいったいどんな内容なのか、分かるはずもないのに。そのままの姿勢で角端は息絶えた。

「騙したのね？」、私は男を睨みながら言った。

「お前、俺のところに来たときから生理になっていただろう。角端はその血に弱いんだ。悪いが利用させてもらった」

辺りには、死んだ角端が残した黒い影の塊がいくつも落ちていた。男はゆうゆうと歩きながらそれを拾い集め、麻袋に大事そうにひとつひとつ詰めていった。

「ある地方では貴重なんだ、不老不死の妙薬になると言われている」、私はもう一度、男を睨んだ。

「だけどな」、と男は語気を強めて言った。

「その角端は、お前の手の中で死ぬべき存在だったんだ。もっと正確に言うとだな、お前はお前の大事な誰かのために、その手の中でそいつを殺さなければならなかった。お前にもきっといつか分かるだろうよ」

それが男との会話の最後だった。

以来、男とは会っていない。連絡も取っていない。取りたいとも思わなかった。

哺乳綱偶蹄目反芻亜目キリン科キリン属キリン、その一種とされている黒い角端、私が目撃したオッド・アイのそれのことを私は今でもよく考える。その最後の言葉を夢の中で聞き取ろうと模索する。男の国が大きな動乱に見舞われ(男はその動乱のリーダーだった)、私が妊娠していることに気づいたのは、それから二カ月後の新しい年が明けてすぐのことだった。

居室

（＃1）

引っ越した当日、男はその部屋にセント・ジョンズ・ワートという名を付けた。言葉の響きがよかったからだが、以前の部屋を引き払う前、たまたま博物図鑑でその多年草の黄色い花を観てから、新しい部屋の名としてこれ以上相応しいものはないと確信し、その思いは日を追う毎に強くなった。男にはそれ自体が意外で瑞々しく、同時に三五歳の独身者のライフ・イベントとして愛おしくも思っていた。セント・ジョンズ・ワート、善良で高貴な名じゃないか。それに今日はたまたま六月二四日、聖ヨハネの日だ。男は目を閉じ、部屋に並べる家具を脳裏に思い浮かべた。

床も壁もベージュのオーク材だから、家具はできるだけシックでフォルムの美しい……そうだ、デンマーク製で統一しようと男は思う。丸みを帯びたくすんだ色合いのエッグ・チェアとフット・チェアを二脚ずつ、ロー・テーブルはグレー・ブラウンの大理石だ、それと、毛足の長いゴージャスなトルコ絨毯、これだけは何が何でも手にいれなければならない。シェルフはチークを用いて、壁いっぱいに可能な限りシンプルでハードなものを作らせよう、マホガニーのチェストを揃えてもいい、そこに数点のピーターソン・パイプを並べる。決して使わない、眺めるだけの愛玩用パイプだ。スタンド・ライトのやわらかい灯りが、スターリング・シルバーのマウントとミディアム・ボウルのアップル・ベンドの丸い影をいっそう際立たせるに違いない。

男は同時に、十九世紀末のダブリンを思った。グラフトン通り五五番地の、フリードリッヒとハインリッヒ兄弟が経営していた煙草店に、チャールズ・ピーターソンが着の身着のままでやってきては、初めて作ったパイプを古びたジャケットから取り出し、兄弟に見せたのが一八七八年、それがやがて「アーミー・スタイル」と呼ばれるパイプ作りの始まりだった。一八七八年と言えば、ベルリン会議があった年だ。露土戦争後の、バルカン半島をめぐる会議。その後、ビスマルク体制を経て、ヨーロッパは第一次大戦へと大きく動き出す。ボスニア・ヘルツェゴビナ近郊の歓楽街で名もなき将校たちの口に咥えられた、安価な無数のピーターソン・パイプを男は思う。厳つい肩に凭れかかった女たちの浮かれた嬌声を耳にする。熱を帯びたエア・ホウルと砕かれた夢を思わせるシャンク、ビット&リップ……。

呼び鈴がなる。

男は横になっていた疵だらけのソファからゆっくり起き上がり、ドアを開ける。母親が立っていた。

「どうしているかな、と思ってさ」と母親は不愛想に言い、キッチンに消える。用意したケトルでハーブ・ティーを淹れ男に差し出す。その香りに、母親の登場でささくれだった神経が一瞬だけ和らいだ。

「何のお茶?」

「セイヨウオトギリソウ、日本では弟を切る草と書くんだ、別名セント・ジョンズ・ワート。昔は堕胎に使われた毒草だよ、使い方によって毒にもなるし、薬にもなる。あんたの弟もこれで死んだんだ」

「俺に弟がいたなんて知らなかったな」

「いたんだよ」

母親が帰宅したあと、再びソファに寝転がると、男の頭は死んだ弟のことで一杯になった。弟と二人なら煙草店だって理髪店だって何だってできたのに、そう思いながら、男はいつの間にかうとうとする。
目覚めると、部屋はセント・ジョンズ・ワートの黄色い花で埋め尽くされていた。パイプはすべて奪われ、花の香は、血に塗れ、蛆のわいた肉の匂いとなって、男の身をがんじがらめに縛っていた。

（＃2）

男は部屋を出るときはいつも黒いコートにブルー・グレーのマフラーと決めていた。時間帯は陽が暮れてからを好んだが、その日、まだ明るさの残る午後四時前に外出したのはただの気まぐれではなく、その街の雨上がりのやわらかい匂いに何よりも惹かれていたからだった。
少女に出くわしたのは、ワンブロック先のコーナーだった。赤いコートの少女、サイドからトップにかけての髪を後ろでひとつにまとめ上げ、コートと揃いのリボンを掛けている。先を急いでいたらしく、コーナーを右折した男の懐に、少女は小鳥さながら舞い込んできた。転ばぬよう、しっかり抱きかかえた男を見上げた瞳は大きく丸く、睫毛には涙が光っていた。

「ごめんなさい、気づかなかったの」、十歳にも満たない少女が男にはなぜか懐かしい。

「そんなに急いでどこへ行くんだい？」、訊ねると、彼女はなおも驚いたように、

「知らないの？　戦争がはじまるのよ」と答えた。青白い頬に涙が弧を描いて落ちた。

　街からは男たちが姿を消し始めていた。最初は黒い瞳と黒い髪と、ある戒律を守っている男たちだけだったが、やがてそこに、黒い目とくすんだ色の膚を持つ男たちが加わった。女たちは次第に無口になり、ドレスは日を追うごとに地味に、そして質素になった。誰もが声のトーンを落として話をし、笑顔を押し殺した。それは、モノトーンの映像を見ているような光景だった。少女のコートだけが赤い。

「今度はどこの国とどこの国の戦争？」

「国？　国って何。ただ大勢が死ぬんだってママが言っていた、これからママの弟にそれを知らせに行くの、まだ間に合うって、逃げることは可能だって」

男は少女の肩を抱きたい衝迫に駆られる。そしてひとつ深呼吸し、その衝動を抑えこんだ。

「足元に気をつけるんだよ」

「ありがとう、おじさんもね」


モラーヌ・ソルニエＬに始まった無数の航空機、戦闘機が歴史の空を埋め尽くしていた。街路を歩く男の足どりは重い。機関銃を積んだルンプラー・タウベに翻弄された極東の島国のモーリス・ファルマン機、フォッカー・アインデッカーがオランダ人設計者によって発案されたのはその半年後だったか。ユンカース、ボーイング、スピットファイア、フェアリーソードフィッシュ、メッサーシュミット、何かを必死で守り、ついには真に守るべきものが何であるかさえ忘れ、散った翼は挙げればきりがない。

男は空を見上げる。暮れかかった空には再び雨雲が広がり、冷たい季節の到来を告げていた。コートの襟を立て、先を急ぐ。少女は無事、目的の場所にたどり着けただろうか、そんなはるかな思いが男の胸を過ぎった。

部屋に戻ると、外出前、男が家具に掛けたはずのシーツはすべて取り払われ、キッチンからは、チックピーのスープの香りが漂ってきた。男が好物だということを知っているのだ。ドアの隙間から顔を出し、おかえりなさいと彼女は小さく笑う、サイドとトップの髪を後ろに結った質素なワンピース姿で。真剣な横顔に、少女だったころの面影が漂っている。

壁に括り付けられたシェルフの片すみに、彼女の写真が飾られてあった。母親と最後に撮った写真だ。男はその写真立ての彼女の頬に指先を走らせ、涙の跡をたどる。ひんやりとした感触に忘れかけていたものを思い出す。果たせなかった約束に似た感情だった。

丸テーブルに向かい合い、スープにスプーンを滑らせながら、その夜、ふたりは互いの思いの中に静かに深く沈んでいった。

購入したワインさえ開けなかった。

セイタカアワダチソウの群生地の先にその部屋はあった。曾祖父がいつか訪れるように遺言状に残した部屋だ。小径に面したドアには針金が施され、保安上、関係者以外立ち入ることは禁止されていたが、子どもでも容易に中に入ることはできる。

少年は、部屋の廻りを一周してみることにする。北側の壁は地面から分厚い苔に覆われ、場所によっては屋根まで届いていた。陽が射すと金緑色に発光する光苔だ。指先で表面をこすり取り、舐めてみると記憶の味がする。部屋の東側、リビングの窓はすべて割れ、窓枠だけになっている。破れたカーテンが清々しく同時に痛々しい。キッチンの出窓からは蜘蛛の巣で真っ白になったシンクや、錆びついたガスコンロが見える。コーナーに並べられた欠けた花瓶、ワインボトル、大小様々な瓶の不透明なガラスとラベル、背凭れが曲がり、クッションの禿げたソファと倒れたガラス・テーブル、汚れた食器がそのままに取り残されたカップボード、穴の空いた床一面に散らばっている無数の本や雑誌の表紙を眺めているうちに、少年は、当時のあでやかな部屋の中を想像できるような気がした。

引き返し、すぐにでも中へ入りたい思いに駆られるが、気を取り直して南側へ廻る。小さなデッキに白いチェアとテーブルが並び、すぐ脇にはイペーアマレーロが空高く咲き誇っていた。

そういえば、曾祖父は歴史の天使についてよく話していた、やがては瓦礫となって積み重なるだけの「もの」にも、人と人をつなぐ天使の役目を担う場合があるのだろう、と。東の島国の女流作家が丹精込めて作ったパイプをくゆらせながら、少年を膝の上に乗せて。

少年は曾祖父の横顔が好きだった。白髪と、世界中の苦しみと喜びとを背負っているかのような肩から背中に掛けてのラインと、彼の頭を撫でる大きな手が好きだった。その手がタイプライターやアップライト・ピアノの鍵盤を上下する、その波のような動きが好きだった。

それは、大きな歴史に埋もれることの決してない、小さな歴史の確かな断片だ。彼はそのような無数の断片が、この世界のどこかで静かに息づき微熱を発しながら、いつまでも自分を待っていることを夢想する。ぼくはいつかそこへ行くだろう、そしてその場所で何かを見つけ、その見つけた何かを、別の誰かに手渡すだろう、そんな日が待ち遠しい。早く大人になりたい。大人になって、曾祖父のように生きてみたい。どんなに大きな戦争も、災害も、ぼくのこの気持ちを完全に消し去ることはぜったいにできない、あんな大きな出来事さえこの部屋を、完全に呑み込むことはできなかったのだから。

山の向こうで止んだ風の音を再び耳にする。

死んだ犬の産声があがる。

曾祖父の元を去っていった女性が少年の新しい恋人となる。

それが彼にとっての世界の姿だった。

ドアから部屋の中へ入る。

曾祖父の名を冠した、汚れた本のページを捲ると、いくつもの夢が零れ落ちては清水となって少年の両足を洗っていった。漣の涼しさが心地よい。夕暮れの最後の陽がキッチンの窓から斜めに差し込み、光のプールを描いている。そこに彼は一本のパイプを見つける。本を脇に置き、カーディガンの裾で泥を拭うと、ラアトップの、グレインが美しい粋なパイプだった。

彼はそれを夕陽に翳す。角度を変えて何度も眺める。手の中で重みを確かめ、エボナイトのマウスピースを指でなぞる。持っていたハンカチで幾重にも包み、ポケットにそっと入れる。

そして部屋を出てドアを閉める。鍵を掛け、少年は新しい物語に向かって歩き出す。

遠来

最初の穴は風と氷でできていた。

火山の噴火で流れ出た溶岩流が巨木を飲み込み、溶かし、大地に大きな穴を空けた。溶岩流の上部だけが急速に冷えて固まり、内部の溶岩流は高温のまま、横へ横へと移動し続けた。そうしてできた洞穴だった。永い歳月の重みと絡み合うようにしてできた穴、氷柱は当時、季節があった証拠のひとつだ。

洞穴には、季節を通して吹き続ける一陣の風があった。今はその名残しかない。どこから吹き込み、どこへ抜けていくのかは定かではない。ただある種の風はかならずここを通り抜ける。渡り鳥と同じ原理だと、どんより曇った空を見上げる。もちろん、既に空に鳥の姿はない。去っていったのだ、大地に真っ黒い影だけを遺して。

その入口に今、立っている。ここまで確かに歩いてきたのだが、道程の記憶はない。夢が吸い取ってしまったのかもしれない、そういう話なら幾度か聞いたことがある。老父母が語り部となって受け継がれる、古歌のひとふしのような言い伝えだ。

夢にはそういう縁起作用があるのじゃよ、記憶をいつの間にかお前らから奪い去ってな、あるときふと返す、その時期をお前らも逃さないことじゃ。

（こんな話を、いったい誰に話して聞かせればいいのだろう、子どもはみんな死んでしまった。或いは、逃げおくれた生きものたち？）

穴から吹き上がってくる、感触の重い空気の塊がすっぽりと身体を覆い尽くす。そうして初めて、そこに自分の身体があったことに気づく。捉えどころのない輪郭が浮き彫りになる瞬間の、羞恥に似た情動はこんなにも居心地が悪い。これならまだはだかのほうがましだったと、履いていた靴を脱ぎ捨て裸足になると、ざらついた感触もいくらか凪いだ。

そういえば、もうどのくらい海を見てないだろう。太陽の核と放射層が収斂を始める前、熱くなった砂丘に腰を並べて水平線の丸みを夕暮れまで眺めたことがあった。眺めながら、どこまでも生命に近づいていった広やかな時間。

踊りもあった。振付などはない、ただの踊りだ。愉快でしなやかで力強く、同時にはかない。歌もあった。叫びとなんら変わらない声だけの歌。そこにいるだれかを呼び、同時に自分自身をも呼ぶかのような歌。それから、啓示に満ちたかずかずの祝福と生殖。

河を挟んでちょうど反対側には、名もない無数の人々が流した血の痕跡が残っている。草も樹木も育たないような不毛とも言える土地をめぐり、争い続けた暗い歴史。憎悪には憎悪だけが折り重なり、怨望は更なる殺戮を招いた。そういう日々も確かにあったのだ。

眼を硬く閉じ、自分の中に設置されたロング・ターム・メモリーのデバイスを探りながら、ああ、とも、うう、とも、どちらともつかない声を絞り出す。が、それはもはや声にすらならない、ばらばらな何かだ。とうの昔に消え失せたもの。どこからか生きものの哭く、か細い声も聴こえたが、そちらへ耳を傾けても仕方がないことだと思い直す。空気が重すぎるのだ、こんな重い空気の中で何かが生き延びているはずがない。

深く息を吸い込み、吐き出す。それを何度か繰り返し、最初の一歩を踏み出そうとしたとき、穴から双子の姉妹が姿を現した。思わず身構える。武器になるようなものはどこにもない。周囲には、水分を奪われ、枯れ果てた細枝が転がっているだけだ。逃げようにも背後には、歩いて来たはずの路も消えていた。

幸せそうに小さく笑いながら横を通り抜けていく姉妹からはなつかしい香りが漂っていた。あれはどんな花だったろう？　いや違う、もっと大きな、そうだ、母の匂いだ、重い空気の塊を柔らかく裂き、ゆっくり流れ、鼻梁をくすぐる艶やかな匂いだ。孤独と一体感がないまぜになり、忘れかけていた郷愁を引き連れてくる、原初の、満ち潮の……。

声を出す代わりに手を叩き、足を鳴らして合図する。抱きしめようとふたりに両腕をさしのべる。姉妹を怖がらせないように、そっと。彼女たちは還ってきたものたちなのだ、直観が執拗にそれを告げている。

会いたかったんだ、もう、長いこと、ずっと。

姉妹は歩を止め、不思議そうに振り返る。真っ直ぐな黒髪と細い四肢に、ぼろぼろの水色のワンピースを着ている。傷だらけの両脚にやはり靴は履いていない。硬くなった踵の角質が見え隠れしている。一瞬、そこに唇を付けたい衝動に駆られる。

知っていた、とひとりが足裏の土を払いながら声に出して言い、でも、本当に会いたかったのはわたしたちではないからと、もうひとりが前髪を横に撫でつけながら言う。そうでしょう？

遠くでかすかに雷が鳴る。

暗雲が低く垂れこめ、突然、雨が降り始める。穏やかであたたかな雨だ。髪の汚れを洗い流し、肩先に遊び、身体の熱りを鎮め、焔を慰撫する。河と海と大地とに降り注ぐ慈しみ。

しばらく雨脚を見つめたあとで、姉妹は両手で小さな器を作り、そこに雨水を溜めた。そして差し出す。小さなてのひらでできたふたつの器の水に、交互に唇を付けると、波紋が広がった。ふたりに倣っててのひらに水を溜め、今度はふたりに差し出してみる。二度の接吻と波紋。それはそのまま身体の奥の奥にまで広がりしみわたる。そうだ、この身体にはまだ水も血も残っていたのだ。

さよならとひとりが言う。肯いて応える。この奥で彼が待っている、しびれを切らしてね、と笑いながら。

さよなら。

双子の後ろ姿を見送り、洞穴の入口に向き直る。

わたしはけっして赦されないかもしれない。そして誰をも赦せないかもしれない。それでもかまわない。たとえわたしが赦せなかったとしても彼がきっと赦してくれるはずだから。

洞穴に向かって歩き出す。そしていつかの風になる。

この死への気遣い、死を見張る覚醒、死を正面から見据える意識など こそが、自由の別名である。

（ジャック・デリダ『死を与える』より）

異端審問

一、強矢ゆり恵（二六歳）
二、結城誠通（三五歳）、理美（三八歳）、一道（十五歳）
三、ファーザー・ロレンツォ
四、アンナ・ビュヒナーの手紙
五、夢

男と会った夜は必ずバスタブに湯を張り、長く浸かると決めていた。特に理由があってのことではなかったが、帰宅時間がどんなに遅くなってもその習慣を変えることはない。むしろ、オブセッションに近いものなのかもしれないと入浴剤で薄らと色のついた対流を見下ろしながら強矢はあらためて思う。自分をここにつなぎとめておくための儀式……。

下着を取った下腹部がもったりと重い。満水になるのを待ってからウッド系のアロマ・オイルを多めに垂らし、防水ケースに入れたiPad Airでプロコフィエフのピアノ曲をかける、ピアニストも当然ロシア人がいい、例えば、アンドレイ・ガヴリーロフ、彼は母親が、そう、あのG・ネイガウスの門人だった。ギレリス、ヴェデルニコフ、リヒテル……ネイガウスの門下生は多い。幽雅で大陸的な指導だったにちがいない。後頭部をバスタブの縁に預け、目を瞑る。両手脚を伸ばす。「ロミオとジュリエット」はルガンスキーを好んで聴いた。彼のほがらかさもいいが、ガヴリーロフのどこかぶっきらぼうでアンビヴァレントなタッチもいい。水音がファーザー・ロレンツォのアンダンテ・エスプレシーヴォと重なってバス・ルームに響く。

最後の一音が換気口に吸い込まれると、男の舌先の感触が蘇った。今夜の男、名は何と言ったか、思い出せない。首筋にならんだふたつのほくろを男たちは決まって舐めた。吸血鬼のカーミラにも同じ場所にほくろがあってね、それがきっかけで周囲に身分がばれそうになったんだぜ……、今夜の男はそう言いながら首筋を強く吸った。耳鳴り、側頭部の軽い痺れ、後ろめたい快楽とそれに覆いかぶさるように襲ってくる殺意。声を上げた。そんな逃げ場のない焦燥を何度、味わったことか。

眠い。このままここで眠り込んでしまえたらどんなに楽だろう、そう思いながらバスタブから身体を起こす。下腹部の重みはまだ取れていなかった。

●数学科主任の話
「新任でしたので何度か飲みに誘ったことがあります。ことごとく断られましたがね。全体の飲み会も途中で帰ってしまいました。気分が優れないとかで……。あの黒髪と美貌でしょう？　興味のない男はいませんでしたよ」

●副校長の話
「わが校はとかく秩序を重んじる校風で知られております。校則も厳しく、その分、罰則も重いのですが、その点は父兄にも地域の有識者にも十分ご理解いただき、むしろ、称賛こそされ、批判の対象となるようなことは創立以来一度もございませんでした。強矢先生がそのことに対してどうお感じになられていたか、そこまでは私共も把握しておりませんが、当然納得して下さっているものと思っておりました。ええ、生徒には人気のある先生でした。特に演劇部の生徒の何人かは彼女と彼女の指導とに心酔していたと聞いております」

結城一道を演劇部に誘ったのは強矢のほうだった。一道はそこでも一言も声を発しなかったから、舞台に立たせるわけにはいかない。それでも一道は演劇部での活動が気に入ったらしく、裏方としてよく動いた。役の付いている生徒のために凝った小道具と衣装を用意してはありがたがられてもいた。台本もよく読み、全体の流れをつかみ、それに合わせて生徒を舞台袖に促すのも一道の役目だった。また照明や音響の操作を率先して覚え、彼らしい繊細な選択で独特な効果を上げてもいた。そのうち話すようになるかもしれないと強矢は思ったが、三カ月経っても彼は変わらなかった。笑うときでさえ声を出さずに体だけで笑う。その笑い方さえしなやかな一道だった。勉強はできた。分野によって得意不得意の差はあったが、それが逆に人間らしく感じられるほど成績はよかった。血友病でもあったから、運動と名のつく一切は主治医に止められていたが、競技ルールを試験科目に課すと一道は常にトップの成績を取った。

級友たちによると彼の選択性緘黙は初等部入学以来ずっと続いているという。かつては授業を休むことも多く、友だちと呼べるほどの友だちもできなかったらしい。だけどこんなに楽しそうな結城君は初めてだよね、と演劇部の三年生は言った。強矢先生のおかげだよね、と。強矢にとっても当初それは何より誇らしい出来事だったが、今では違う。

　話題が家族関係に及んだとき、一道本人が見せる沈んだ顔つきと、美人で肉感的だがどこか浅はかな印象を与える一道の母親、理美の視線がどうしても気になった……あれは蔑みの視線だ。彼女は何か気づいているのかもしれない、そう強矢は思うようになる。夏季休業を過ぎたころになると、強矢は誠通に誘われるようになっていた。どうやって知り得たのかは分からなかったが、誠通は強矢のプライベート用メールアドレスにメールを送ってきた。それだけならまだよかったが、あろうことか誠通は強矢の嗜好を完全に把握していた。暴力的な言葉で羞恥を煽りぎりぎりまで追いつめては突き放す。今回はうまく断ることができたが、次は分からない、そう思うたびに強矢は、夜遅い時間帯を選び、派手に着飾っては飲みに出かけ、最初に声を掛けてきた男と寝た。そうせずにはいられなかった。それは自分だけに打ち解けている一道に対する強矢自身の、どこにも決して記されることのない贖罪だった。

●結城理美の話

「強矢先生には、言葉では言い表せないほど、感謝しております。一道は昔から心のやさしい母親思いの子どもでした。言葉を発しないことは心配でしたが、そのほかに問題らしい問題はなかったのですから。ええ、ですから学校へなど行かなくてもいいとわたくしは思っておりました。その一道が……そうです、その一方で、強矢先生がどのような教育法でもってあの一道をと、そう思ったのも事実でございます。母親として当然のことだと思います。

ところで、あなた、お子さまはいらっしゃいますか？　そうですか、まだお子さまのいらっしゃらないあなたにはわたくしの気持ちなど、分かりようなどないのかもしれませんわね」

▽（法廷記録抄）一六二八年六月二八日、水曜、裁判官ブラウン博士（アンナ・ビュヒナーの義兄）はアンナ・ビュヒナー二八歳に対し、拷問を用いることなく尋問。被告は「自分を魔女集会でみたという者の名を知りたい」と要求。そこでゲオルク・ハーアン博士と対決。ハーアンはアンナを魔女集会でみたと断言。被告はこれを全面的に否定。

六月三〇日、金曜、拷問することなく自白を勧告、被告、自白せず。そこで拷問。最初に指締め。自白せず。次に脚締め。自白せず。何事も知らないと言う。

身体検査。被告を裸にすると、右腹部にシロツメグサの形の青い魔女マークを発見。そこに三度、針を刺しても知覚なく、かつ、出血せず。

七月五日、拷問にかけることなく、自白を勧告。被告、ついに自白しはじめる。四年前、自家の果樹園で、山羊に姿を変えた悪魔に誘惑され、悪魔の洗礼を受け、性交した。なにものにも代替しがたい体験だったという。そこでキリストを否定するに至った。集会のたびに悪魔に性交をせがむ。黒犬や男色魔とも性交に及んだことなど、詳細を説明、共犯者五名を告発した。

＊アンナ・ビュヒナーの手紙

いとしい従姉妹レベッカ。この手紙は、誰にも見られないようにかくしておいてください。でないと、わたしはまたおそろしい拷問にかけられ、この手紙を届けた獄卒も首をはねられてしまうでしょうから。きびしい規則があるのです。使いの男に、お金を忘れずにあげてください。

親きょうだいのいなくなったわたしですから、わたしの焚刑にかかる費用はあなたに請求されるでしょう。こんなことがあってはいけないと思い、ロレンツォ神父にお金をあずけてあります。あなたからロレンツォ神父に事情を話して、そのお金をうけとってください。そしてそのお金を持って、あなたもどこか遠い修道院に入るか何かしてください。あなたとあなたの家族にどうか危険が及びませんように！

これだけ書くのに数日かかりました。わたしの手は両方とも不自由です。足も動かないのでもはや歩くこともままなりません。くれぐれも、この手紙を秘密にすること。そしてわたしが死んだら、神さまに殉じたむすめとしてわたしのために祈ってください。わたしは無実の罪で死んでいきます。ここでは誰もわたしの言葉に耳をかそうとしないのです。わたしは決して魔女なんかではありません。殉教者です、神にちかってあなたには言っておきます。

さようなら。いとしい従姉妹レベッカ、アンナ・ビュヒナーは、もう二度とあなたには会えません。だから、なんどもなんども「さようなら」と言っておきます。

一六二八年七月二四日

＊結城一道の夢

新しい十字架が建つというのを聞いて僕は出かける。教会にはすでに白衣を着た信者たちが集まっていて讃美歌を歌っていた。神父の姿も見える。そこに強矢先生もやってきた。今まさに真っ白な十字架が建てかけられようとしている！　僕は強矢先生に「すごいね」と声に出して話しかけようとするが、先生はすでにいなくなっていた。讃美歌が終わる。鐘の音が街中に響きわたる。

街から五名の生徒が忽然と姿を消したのは、強矢が退職してから二週間ほど経った初冬の、木枯らしが吹いた最初の朝だった。いなくなった生徒には共通点があった。ひとつはみな演劇部出身で、もうひとつは五名が五名とも、いつものように朝食を取り、家を出てから学校までの道のりの途中でいなくなっている点だった。五名のうちのひとりは結城一道だった。彼だけが母親に宛てて手紙を残していた。

「どうか探さないでください。探せば探すほど、ぼくらは遠ざかっていくことでしょう」、そこにはそう記されていた。

当然、強矢による誘拐が疑われ、出頭命令が出されたが強矢はすでにマンションを引き払ったあとで、その後どこに越していったか、誰と一緒なのか、まったくつかめていない。身代金の要求もなく、脅迫状も届かなかった。

学校は責任を追及され、校長以下学年主任までの三名が依願退職した。またしばらくはPTAと教師による、登下校中の安全指導が行われたが、生徒たちは大人たちの狼狽する姿を見て、陰で笑っていたという。なぜなら彼らは新しい独自のSNSを作り、いなくなった五名と連絡を取り合っていたからだ。強矢が担任をしていたクラスのひとりがスマートフォンを母親に見られた際にそれは判明したが、それを手がかりにして五名の居場所を探り出すことは最後まで不可能だった。

そんなことやっても無駄だぜ、とその生徒は言った。あいつら、好きでここからいなくなったんだ、ただそれだけのことなんだから。

半狂乱になった母親たちが、それでも落ち着きを取り戻したのは、二週間ごとに押し花が届くようになったからだった。「元気です」「新しい友達が増えました」など、押し花には必ずメッセージが添えられてあった。真偽を確かめるすべはなかったが、そこには凛としたたたずまいがあり、母親たちを直観的に納得させる力強さがあった。
夏の前日、衣替えの時期になると、街は以前とほとんど同じ状態に戻っていった。ただ子どもたちだけが、少しだけ無口になり、そして大人になっていった。親や教師たちは気づかなかったが、彼らは事件から何かを得、また何かを諦めたのだろう。子どもたちの無言の背中がそれを告げていた。

〔参考文献〕 森島恒雄『魔女狩り』（岩波新書）
渡邊昌美『異端審問』（講談社）
阿部謹也『ハーメルンの笛吹き男』（ちくま文庫）

異端審問その後～コンフラリア～

（承前）

結城誠通（三六歳）、理美（三九歳）、一道（十六歳）、強矢ゆり恵（二七歳）

一、衝迫と羨望
二、結城一道の日記
三、手紙
四、死者の声

強矢は九州北西部の目立たない辺鄙な土地を知人からただ同然で貰い受け、朽ちかけた礼拝所に小さなコミューンを形成していた。

海に囲まれた温暖で美しい丘陵にそれはあった。特に日暮れになると礼拝所全体が月明かりに映え、群青の海と空とにうっすら浮かび上がる。そのため、周辺地域の住民からそこは日暮村と呼ばれていた。

最初期は強矢と五名の生徒だけしか暮らしていなかった日暮村だったが、ともに住む者の数は日を追うごとに増加していった。理由としては、強矢と生徒たちが作る野菜の、その土地にしては珍しく、よく水気を含み美味だったこと、また泳ぎの得意な者は海へと出向き、魚介類を大量に捕獲しては、必要な分だけを摂取し、他は周囲の住民に積極的にふるまっていたことが大きかったが、勿論それだけではない。

生活必需品しか買い求めない彼らのあくまでもものしずかでひかえめな態度は老若男女を問わず多くの者に好感を持たれ、その質素な生活に共感を持つ者が後を絶たなかったのだ。

結城一道の選択性緘黙は、戻ることはなかったものの、彼はそこでは学園生活の頃よりもより一層明るく穏やかになり、また、それまで見せたことのないリーダーシップさえ発揮するようになった。彼は、火山灰を含んだ土壌に何の種を植えればいいか、また、どうすればトマトやきゅうりに甘みが行き渡り、なるべく早く採取するためにはどの程度、水と肥料を与えればいいか、知り尽くしていた。もともと優秀な生徒だったからといえばそれまでだが、彼の植物や小動物、育っていくものへのアタッチメントはそれだけでは説明がつかないと、強矢は何度も思った。

たとえ緘黙であっても、ともに日暮村に入居した生徒とは当初からコミュニケーションに不自由することはなかったし、新たに加わったメンバーとも、数週間も経たないうちに意志疎通がスムーズになった。それどころか、メンバー同士のちょっとしたあらそいごとを仲介し、相談役さえ兼ねるようになった。彼が眉をひそめ、首を振るだけで相手は深く行いを恥じ、引き下がりもし、また一道が小さく笑うだけで納得する者も出た。

不思議な少年だと、その様子を見るたびに強矢は思う。反面、ともに連れてきたことが果たして彼に良い結果をもたらすだろうかと思い悩むようにもなった。強矢は一道がいとおしい。そう思えば思うほど、今のうちに遠くへ手離すべきなのではとも思う。それは自己疎外の感覚に似ていた。そんな二律背反の中で日暮村へ来て十カ月が過ぎようとしていた。平穏な十カ月だった。

一方で、日暮村の住人の生き方を「おもしろくない」と感じる者たちも決して少なくはなかった。機会と場所さえあれば、と彼らは言う。機会と場所さえ与えられれば、自分たちのほうがもっとうまくやれるのに。

また、退職を余儀なくされた校長以下三名の、強矢への執念はすさまじく、特に校長だった男のそれは衝迫と言ってよく、彼はあらゆるコネクションを用い、強矢と生徒の行方を追った。結城誠通はただそれを利用すればよかった。

●羨望と感謝

羨望が、，地獄におちる七つの大罪，のうちにかぞえられるのには、心理学的にも、それにふさわしい理由がある。羨望は、無意識的には、その中でももっとも悪しき罪だと感じられているとさえいえよう。すなわちそれは、羨望が生命の源泉である良い対象を、そこない傷つけるということになる。これと同じ見解を、チョーサー〔Chaucer, G.〕が『牧師の話』の中で以下のように述べている。

「羨望がもっとも悪しき罪であるのはたしかです。というのは、他のどんな罪も、せいぜいただ一つの美徳に反するだけの罪にすぎませんが、羨望は、あらゆる美徳、あらゆる良きものすべてに反するものだからです」。

最初の対象を傷つけ破壊してしまったという感情は、その人のそれ以降の関係における誠実さへの信頼に傷をつけ、自分のもっているべき愛情と良さへの能力を疑わせることになる。

シェークスピア〔Shakespeare〕のオセロは、嫉妬のうちに愛する対象をほろぼしてしまうが、この場合は、クラブの言う〝嫉妬の下等な激情〟――すなわち、おそれによって刺激された貪欲さ――の特徴を示しているように思われる。この戯曲には、嫉妬を心に内在する一種の特質としてみなした、意味ぶかい言葉が見いだされる。

でも嫉妬深い人はそう聞いただけじゃ安心しませんわ。
どういうことをされたから嫉妬するなんてもんじゃございません。やけるからやくだけの話でございますよ。
嫉妬ってものは、自分で孕んで自分で産まれる化けものでございますからねえ。
（木下順二訳）

閣下、嫉妬は恐ろしうございますよ。
こいつはいやな目をした怪物で、
人の心を食いものにして、

しかも食う前にさんざんたのしむという奴です。

（木下順二訳）

この台詞を読むと「飼い主の手をかむ」という言いまわしを思い出すであろうが、これも、乳房をかみ、破壊し、そこなうこととほとんど同じことを意味しているのである。

●結城一道の日記

僕はずっとある人が、遺すべきだったのに遺さなかった言葉について考えてきました。それがどんなものであるはずだったかについて。なぜなら、それが遺されてさえいれば、僕はあるときはその「言葉」にすがり、またある時は反発し、更には忘れ去り、また思い出すこともできた。ですが、その「言葉」は永遠に奪い去られている。そういったダブル・バインドを前に僕は完全に無力でした。そんなことをより一層自覚しているとき、次のような一連の文章に出会いました。

「名も知られず永遠に沈黙する死者。遺棄されあとかたもなく崩れ去って原状に復されることのない文物。そうしたものこそ、しかしじつは現在のわたしたちに不意に語りかけ、その現在をまったく別様のものへと変容させる可能性を秘めている。」

「さまざまな喪失の只中で、手の届くもの、決して失わず残ったものがひとつだけあります。言葉です。言葉だけが、すべてが失われた中で、失われずに残りました。

しかし言葉は、答えの返ってこない孤独の中を、恐るべき沈黙の中を、死を運ぶ発話の千もの闇の中を、くぐり抜けていかなくてはなりませんでした。

言葉はこれらをくぐり抜け、起こったことに対しては一言も発することは出来ませんでした。しかし言葉は、これらの出来事をくぐり抜けて行ったのです。」

ある人が遺し、僕が受け取るべき言葉がどんな内容だったか？　その問い自体が間違っていたのかもしれないと思ったのは、つい最近のことです。

つまり、その人が、ある特定の、石の言葉を遺さなかったことが、むしろ、無限の可能性を宿し、声なき声、形なき言葉として、孤独や沈黙や闇の中を通り抜け、出来事そのものについては一切語ることなく、ついには別のなにかとしてたちあらわれることが可能になる。先に挙げたふたつの文章は、ふたつの魂は、そのことを、僕に如実に教えてくれています。

それでも僕の声は戻ってきません。

あるいは、それは、永遠に戻ってこなくてもいい種類のものなのかもしれません。


日暮村に強矢一同がいることを元校長たちに密告したのも地元の住民なら、彼らが向かっていることを強矢に知らせてくれたのも地元の住民たちだった。元校長は生徒たちの、なぜか父親だけを集めて向かってきていた。理由は明らかだった、母親たち、妻たちにはただ単に見られたくない行為を目論んでいたからだ。それを思うと強矢はおかしくなった。だから笑った。しかも声をあげて。そのくらい、おかしかったのだ。

ここは三方を海に囲まれている。秘密の通路を通っていけば、村の端まではどんなにかかっても三時間だ。その間だけ、わたしが引き留めておけばいい、たったの三時間だ、そう思いながら、強矢は百合の紋章の入った腕時計を見た。ちょうどそのとき、彼らが入ってきた。

●一道の従姉妹にあたる娘の父親の話

「私の娘はあとから追っていき日暮村のグループに入っていったひとりです。どうやって連絡を取ったのか、まったく分かりませんでした。母親ですか？もちろん半狂乱になりましたよ。私も何度も罵倒されました。なぜ私があんなに酷いことを言われなくてはならなかったのか、さっぱり訳が分かりませんでしたが、母親というのはそういうものなのでしょうね。

押し花が届くようになってからは、やや落ち着きを取り戻しましたが、私に対する態度は冷ややかでした。

ですから、私が強矢という女を見たのは、そのときが初めてだったのです。

可愛らしい女性でした。丸顔で、快活そうで、きっと笑ったなら笑顔が魅力的だろうなと思ったことを覚えています。それから、まじめそうで、だけど、どこか悲壮感が漂っていました。何もなければ私も惹かれていたかもしれません。

四時間ほどだったでしょうか、彼女はその間、一度も目を開けず、声もあげませんでした。私は直視することができませんでした。当然、私にも声はかかりました、抜け駆けは許さないと結城さんは恐ろしい容貌でおっしゃいましたが、とてもそんな気にはなれませんでした」

＊

感覚とは不思議なものだな、と強矢は思う。こうしているとき、わたしの体は確かに反応している、濡れ、汗ばみ、痙攣し、収斂している、だが、その反応を感じ、見下ろしているわたしには誰も触れることができない、そしてその反応が激しければ激しいほど、ますますわたしは乖離していくことになる、乖離はわたしの身体に無感覚を生み出すことになる、彼らの暴力を前に、わたしが無力なのは事実だ、だが、こうしている限り、彼らもまたわたしの精神に対しては、完全に無力なのだ。

すっぽりと覆われた、分厚い無感覚の中で、強矢は、仔猫を抱きあげた一道の細い横顔を思った。猫アレルギーの人もいるからと反対する者もいたが、彼は絶対にその仔猫を手放そうとしなかった。なるべく時間を掛けずに、猫アレルギーを軽減させる方法を見つけるほうを選び、じっさいに見つけた。そんなとき、彼は心から喜びを感じているように強矢には思えた。

よくよく考えてみれば、彼は誰の前でも言葉を発しなかった。だから選択性緘黙なのではない、完全な緘黙だった。あるいは、他の誰かとなら話していたのかもしれない。

不意に、彼の言葉が風媒花の花粉となって、どこまでも舞っていくイメージが強矢を襲う。長い年月をかけて、大きな花や樹木を実らせるもの、そしてそこを訪れる、昆虫や鳥類、再来する風、それは紛れもなく可能性そのものだと強矢は思う。そのとき初めて彼女のからだに心地よさがよみがえる、とおいどこかの地で何かが宿った感覚がある。だがそれは、結城誠通の手によってもたらされたものではない、彼の息子の存在によってもたらされたものだった。

かわいそうに、と強矢は結城誠通に対して思う。そして彼の頭を掻き抱きたい衝動に突き動かされる。同情なのかもしれない、憐憫なのかもしれない、言葉はどうでもよかった、どんな言葉でもいいのだ、ただ、わたしは何とかして、それをこの男に伝えなくてはならない。

スカイプで一部始終を撮ってあるの、と強矢は途中で結城の目を見て言った。結城の目は血走り、強矢の目には涙が滲んでいた。結城は動きを止める。

「あなたが最も見せたくない姿を、あなたが最も見せたくない相手に見せるように設定してあるのよ。彼らがそうしたの」

誰も何も言わなかった。水を打ったように、とはこういうことだと強矢は思う。遠くに潮騒の音が聞こえる。その音を裸の胸の奥に仕舞い込む。彼らは無事に辿りつけただろうか？

「わたしを殺しなさい」、強矢は静かに言った。

「それであなたの気が済むのなら、そしてそれであなた自身の生が軽くなると思うのなら、殺してもいいのよ」、それが強矢の最期の言葉だった。

結城一道が全員を引き連れて日暮村へ戻ったのは、それから二時間後、強矢の死体は焼かれ、その灰が、海の見下ろせる一際高い丘に埋められた後だった。その後、結城父子や他の父子たちの間で何が生じたのか、どんな取り決めがあったのか、どこにも記されていないし、語る者はひとりもいなかった。

無人となった日暮村が物騒だからということを理由に、新しく開拓するか、いっそのこと解体して更地にするか、近隣の住民たちの間で話し合いが持たれたが、それは形だけのもので、誰も本気でこの村をなくそうと企てる者はいなかった。

日暮村は、昔から、そのときも、そして今も、夕暮れ時になると月明かりに照らされ、群青色の海と空との間にぽっかりと浮かび上がる、美しい村だった。

●コリントの信徒への手紙　第十三章

最高の道である愛。

たとえ、人間の不思議な言葉、天使の不思議な言葉を語ろうとも、愛がなければ、わたしは騒がしい銅鑼、やかましいシンバル、たとえ、予言の賜物を持ち、あらゆる神秘、あらゆる知識に通じていようとも、たとえ、山を動かすほどの完全な信仰を持っていようとも、愛がなければ、無に等しい。全財産を貧しい人々のために使い尽くそうとも、誇ろうとして我が身を死に引き渡そうとも、愛がなければ、わたしに何の益もない。

愛は寛容なもの、慈悲深いものが愛。愛は妬まず昂らず驕らない、見苦しい振る舞いをせず、自分の利益を求めず、怒らず、人の悪事を数え立てない。

愛は決して滅び去ることはない。予言の賜物ならば廃れもしよう。不思議な言葉なら止みもしよう。知識ならば無用となりもしよう。わたしたちの知識は一部分、予言するのも一部分であるゆえに、完全なものが来たときには部分的なものは廃れよう。わたしは幼子であったとき、幼子のように語り、幼子のように考え、幼子のように思いを巡らせた。成人した今、幼子のようにふるまうことをやめた。

わたしたちは、今、鏡におぼろに映ったものを見ている。だがそのときには、顔と顔とを合わせてみることになる。わたしが今、知っているのは一部分、そのときには自分が完全に知られているように、わたしは完全に知るようになる。それゆえ、いつまでも残るのは、信仰と、希望と、愛、この三つ。その中で最も大いなるものは、愛。

＊

襤褸をまとった老人がその地を訪れたのは数十年後の秋口だった。老人はそこを訪れるまえに大きなカルデラを持った山の頂に立ち、風に吹かれながら雲海を覗いていた。空気の清々しさと涼しさとがここへ渡って来てもまだ身に残っていた。あるものは、時が経っても決して消え去ることはない。老人は、はるか昔、そのことをひとりの女性から教わっていた。

幾つかの階段を登り、洞穴を抜け、さらに登っていくと、見晴らしのよい高台に出る。そこが約束の場所だった。彼はかがみこみ、素手で乾いた土を何ヶ所か、掘ってみる。骨で作った十字架を見つけるためだった。それはすぐに見つかった。形はひしゃげ、ところどころ欠けてはいたが、磨けば当時の記憶が戻ってくるかもしれない、老人はそう思いながら用意していた麻袋にそれを入れる。五つの古びた十字架だ。

ここはいまだ立ち入り禁止地域となっている。だから本来ならば違法行為に当たる。だがたとえ見つかったとしても、誰も咎めはしないだろう。呆けかけた声のない老人を、誰が責め立てるものか。

老人は麻袋の上からそっとそれを握りしめた。何か聞こえたような気がしたが、潮騒にかき消されてしまった。もうじき満潮になる。月が昇る。するとこの地は宵闇にぽっかりと浮かび上がる。その瞬間をもう一度目にしたいと思ったが、彼は思い直してそそくさとその地を後にした。

一度も後ろを振り返ろうとしなかった。

〔参考文献〕

メラニー・クライン『羨望と感謝』（誠信書房）
ヴァルター・ベンヤミン『歴史の概念について』（未來社）
パウル・ツェラン『パウル・ツェラン詩文集』（白水社）
神山睦美『日々、フェイスブック』（澪標）
神田千里『島原の乱』（中央公論新社）
服部英雄『歴史を読み解く　さまざまな資料と視角』（青史出版）
新約聖書　コリントの信徒への手紙　第十三章「愛」

女人結界

一、散華
二、十一面悔過
三、達陀
四、おみずとり

火焔と清水の走り。また走り、こもりの僧の沓の音に加速の重み深まりて、五体投地礼の痛み、はなはだ烈しく、同心円に波紋を生ず。鈴の音は鐘の響きに連なり呪禁さえ幻惑して、新月から満ちてゆく月の和布袈裟に添える弊の襟のうすら寒い石畳よ。閼伽井屋、興成、飯道、遠敷の注連縄に結ばれし囲みに揺蕩う影さえゆうらりゆらり、淡くはかなく、或いは多面多臂の。盲いた和上の授戒、如来唄か呪師の金襴か。散ったのが良弁花ならば赤は永い血脈となりて幾千の眼瞼をさし照らす。松明に仄かに浮かぶ壇供の餅と御厨子の灯明、浄火を研く一徳火の、一々を詳らかにする南無観自在、南無観自在。

久瀬月世（二二歳）の烈火

月世が二月堂のお松明を見るために奈良を訪れたのは春日山はまだ春浅い三月、本行が始まって十二日目の夜だった。法会に詳しい同僚からその日のお松明はひときわ大きく、過去帳も読む、混雑こそすれとにかく見るべきだと聞き、会社帰りにこだまに飛び乗った。翌日の有給休暇の申請は忘れなかったが、月世にとってやるべきことはもはやそれだけに思えた。着替えも持たず、家族にも知らせず、この地を訪れたのにはそれなりの訳があった。

以前から修二会に特別な興味があったわけではない。夕食の席でたまたま東大寺のニュースを目にし、榊の緑を見たときでさえ、おもしろそうだ、とぼんやり思っただけだった。修二会への期待が切望と名づけられそうな欲求に変わったのには、ニュースの夜から数日後、それが懺悔の法会だという解説書を読んだときからだった。それからというもの、日を追うごとに修二会への欲望は大きくなる。まるで燻っていた小さな火がやがて天にも届く大火になるように、男に抱かれた夜には殊に、身体の芯にお松明の火の鋭い熱さを感じ、夢の中で身を焦がすようになった。それは月世自身の心を焼き払い、夜を焼き尽くす。素肌にももはや心地よいほどの火影に、月世は目覚めてからも陶酔した。

男には妻子があった。家族を棄てる気はないと最初から分かっていたことだったが、だからといって一度愛した男をすぐに棄てられるような月世ではなかった。男は月世の身体の隅から隅までを愛おしんだ。それだけなら別離も容易だったかもしれない。

かつて結合双生児として生まれた月世の背中には大きな傷跡があった。傷跡は、双子の片割れを切り離したときにできたものだった。手術は成功したが、なぜか両親のもとには月世だけが残った。もうひとりがどうなったのか、月世には知るすべがない。

両親と自分の過去を高校入学と同時に知らされた衝撃はそのままの大きさで月世の心に巣食い、ことあるごとに月世を揺さぶった。傷跡の存在によって、自分がふたり分の人生を背負わねばならず、また同時に、女として未熟だと突きつけられているような気にもなった。物心ついたときから、月世はそんな二律背反に苛まれていた。男はその傷跡さえ愛した。月世にはそれがありがたくもあり、また恨めしくもあった。

ＪＲ奈良駅に降り立ったときには霙混じりの小雨が降っていた。このくらいの雨ならお松明は中止にはならない。不退の法会なのだ。駅ビルの影にたたずみ、足早に過ぎ去る人並みを眺めながら、辞めていた煙草に火をつける。時計は十六時半をすでに回っていた。

聖衆告曰く、此所の一昼夜は人間の四百歳にあたる、然れば行法の軌則巍々として千返の行道懈らず、人中の短促の所にて更修しがたし、また生身の観音をはしまさずば、争か人間輙く模べきと云、和尚重ねて申く、勤行の作法をば急にし、千返の行道をば走り数を満べし、誠を致て勧請せば、生身何ぞ成給はざらむとて、是を伝て帰りぬ、

（『二月堂絵縁起』より）

森彩音（二三歳）の燐火

会社の研修旅行に奈良を選んだのは彩音だった。特別の理由があってのことではない。研修とはいうものの目的は慰安だったし、比較的近場で観光もできたら言うことはないと先輩社員に指示され、即座に浮かんだのが東大寺周辺だった。都合のいいことに温泉宿もある。

彩音自身はこの地を訪れたことはない。学生時代、修学旅行先に指定されていたがそのときですら参加しなかった。仲間はずれにあっていたからだ。当時から彩音は陰にこもりがちな少女だった。無口で人見知りも激しく、誰かと与するようなところも一切なかった。そんな少女がクラスメイトに受け入れられるはずはない。

くわえて彩音には幼少時から不思議な性質があった。本を読んでいるときや音楽を聴いているときなど、ふっと心に浮かぶことがある。それらが必ずと言っていいほど当たるのだった。近所で火事がある、高知の親戚が入院する、クラスメイトが鉄棒から落ちて骨折する……。最初は彩音自身も面白がって周囲に話したし、周囲ももちろんはやし立てたが、あまりに度重なるためしだいに敬遠されるようになった。それで傷つかないわけがない。それでも彩音は予知についての本を読み漁り、この能力を使って世の中の役に立ちたいと願ったが、ある夜、父母の会話を盗み聞きしてから性格も一変する。

彩音は父母の本当の娘ではなかった。実母は、代々、法印を与えられた由緒ある仏師の末裔の長子に嫁いだ女で、実父はその長子の大伯父に当たる男だった。大伯父は、本来ならば家督を継ぐべきであったにもかかわらず、そうならなかったのは彼自身、妾婦の子であったためという。本妻は嫉妬深い女だった。妾の子と内曾孫の嫁との間に、血のつながりこそないものの、双子ができたと知るや否や、家人に黙って生後間もない乳飲み子を孤児院に託し、その直後、自らも命を絶つ。

孤児院から森夫婦に与えられたのが彩音だった。当時、すでに双子の片割れは院におらず、森夫婦の子として育てられたのは彩音だけだった。

夕刻、近鉄奈良駅に降り立ったとき、彩音の身体を一陣の風が吹き抜けた。天狗風だ、と彩音は思う。ふと「手水、手水」という声が聞こえたような気がした。研修には翌日を充て、今夜は各自自由行動を取ってよい決まりになっていた。彩音の足は自然に春日山へ向かう。出生の秘密は懺悔にも相応しいと、出会う鹿の眼が告げているように彩音には映った。

実忠和尚、摂津国難波津に行て、補陀洛山にむかひて香花をそなへて海にうかべ、懇誠をぬきいでて祈精勧請す、かの閼伽の器、はるかに南をさして行て又かへり来る、かくする事百日ばかりを経て後、つゐに生身の十一面観音、まのあたり補陀洛山より閼伽の器にのりて来給へり、和尚是を当寺の羂索院に安置し奉る、今は二月堂という、天平聖宝四年壬申二月一日よりはじめて、大同四年にいたるまで六十ヵ年があひだ、和尚彼生身の観音の御前にて、毎年二十七ヵ日夜六時の行法を修す、都卒の八天、連行の道場へくだりて、種々の神変を現し、仏閣をめぐりき、其より天人影向の儀式をうつせり、

（同前）

神林はつ（十七歳）の業火

大おばあさま、ささ、こちらへと手をさしのべ雪消沢からいざなう、あしびきの長きさかみちをいかにかこえん、ささやきの小路にもやがてさしかかれば、くろうばかりがきざまれた手ですべてをはらいのけ、まがる影を天のはてまでへものばしたく、ようようあしばやにはやるひとがきをながめやる。

うしろから声をかけたくも、はつはもはやあまりのこいしさに声を失くしたおんな、とぶひのをすぎ、だれとなくつぶやく南無観世音菩薩、あいまにおもいびとの名をよべば、ねがいよかなえよとおじかはなき、めじかは孕む、かすむけしきさえいよいよいとしい。

いっそみずたにばしのたもとへ身をなげたくも、うまれたばかりのおさなごを思えばそれすらかなわず、大おばあさま、ごしょうです、もうすこしだけごゆるりと、とむなしくもてんぐかぜにねがいはかきけされ、みだれるぬばたまのくろかみよ。

（われむかし、つくりしところのもろもろのあくごうは、みなむしいらいの貪瞋痴により、しんたい、ことば、いしをとおしてしょうじたもの、これらすべてをわれいまみな懺悔す。）

「十一面観音菩薩の頭上の三面は慈悲をあらわしていてね、左の三面は瞋怒、右の三面は白牙、つまり美しい女性の容姿だと言われているよ。後ろの一面は暴笑で、頂上一面はだから当然、如来の相だね。」

ああ、あいたい、かのひとのもとへかけてゆきたい、ふたつとないかのからだをかきいだき、またかきいだかれ、そうしてふたりのおさなごをりょうの腕のつよさにまかせたい、そのためだけにうまれてきたと声をからしてなきさけびたい、もしそれが罪科ならば、大おばあさま、おんなはみなおしなべてざいにんなんじゃあないですか、大おばあさま、どうかごゆるりと、けれどそのいちべつがおそろしく、声なきまま、こうべをたれてすすむ手向け山のあしびのはなばな、深紅の良弁つばきを大おばあさまのぞうりはじりりとふみつぶす。

承元年中の比、彼帳をよむ僧集慶のまへに、あをき衣きたる女人俄に来りて、などわれをば過去帳には読をとしたるぞ、といひてかきけつやうにうせにき、青き衣をきたりしかば、青衣の女人と名づけて今によみ侍り、（同前）

天と大地との相克によりて
一切を失わせしむ
これを悔過といい
焔と清水の融和によりて
一切を生ぜしむ
これを懺悔という

日月の光明すでに消えぬるまほろばの川べりに、さまよふはらからの女人ふたりありけり。盲の和上、従者もなく鏡池のほとりに差しかかりけり。女人ふたり、前《まへ》になり後になりて和上のゆくてをはばむ。和上、狐かもののけかと、七宝の天珠とり出し、南無観世音菩薩と唱へたまふ。女人ふたり跪き、首をたれ、さめざめと泣きに泣く。和上、しづかに問ひただしたまふ。一の女人、こたへていはく、われらはもと同腹のはらからなり。昼となく夜となく、同じ母の腹の水に浮き、同じ父の声を聞き、同じ波動を感じ生まれけり。されども、如何なる因縁ならむ、互ひに別の地に生き別れ、さらには父母とも生き別れ、ふたたび会ふことかなはざりしに、はたちあまりにてふたりともにあへなく命つきたり。恨めしく、情けなし。かくして、生まれしまほろばの地を、ただきまよひ歩く魑魅魍魎のごときものになりき。かねての願ひ、せめてひとたび父母に、われらふたりの、女人としての盛りの美をご覧に入れ、老いぬる父母の冥府への土産としたきことにぞ侍る。尊き和上におはすれば、なにとぞわれらが願ひをかなへたまへと伏して祈り申しけり。

和上、仏を念じつつも、女人ふたりの厚き孝行の願ひに深く心うたれけり。時はまさに睦月のつごもり、明日よりの法会本行にて、観世音菩薩に誓願したてまつることをふたりに期したまふ。すなはち、来世に、真実まことの親子姉妹として生まれかはり、孝行の望みかなひ、また慈しまれ、天寿を全うすることかなふべし。そのあかつきには、十一面観音菩薩にお礼参りするむね、ゆめ忘るな、と。和上のたまひ終はるやいなや、女人ふたり涙を浮かべつつけぶりのやうに消えにけり。

　大慈者たる十一面観音菩薩に帰依したてまつる和上、みちみち、空《くう》を成す器官たる人を思ひ、焔を成長さす煩悩たる人を思ひ、地を平らかになす意志たる人を思ひ、清水を湛える器たる人を思ひ、風をまとふ影たる人を思ひ、かつ身密、口密、意密を思ひたまふ。

　目のまえにそびゆる二月堂が練行衆、和上を迎へ、無言のうちに一切を察知しつれば和上、声をしのびてさすがに泣きたまひにけりとぞ。

至心懺悔如是等　一切世界　諸仏世尊常住在世　是諸世尊　当慈念我　証知我　若我
此生　若我前生　従無始生死来　所作衆罪　不自覚知　若自作　若教他作　見作随喜
　若塔若僧　若十方僧物　若自取　若教人取　見取随喜　或作五逆四重無間重罪　若

自作　若教他作　見作随喜　十不善道　自作教他　見作随喜　所作罪障　或有覆蔵
或無覆蔵　応堕地獄餓鬼畜生及諸悪趣辺地下賤及蔑戻車　如是等所作罪障　今於十方
三世諸仏前懺悔発露　皆懺悔*
南無観自在　南無観自在　南無観自在　南無観自在　南無観　南無観　南無観　南無
観　南無　南無

天と大地との相克によりて
一切を失わせしむ
これを悔過といい
焔と清水との融和によりて
一切を生ぜしむ
これを懺悔という

関かずえ（五九歳）の篝火

「お母さん、足元、気をつけて」

右を歩く希子が言う。

「希子はすぐにお母さんを年寄扱いするのよね」と左を歩く佳子が笑う。

「それにしてもすごい人出ね、まだ一時間前なのに」

「最終日だからね、四万人近いってガイドに書いてあったわよ、好きな人は二時間前から並ぶって。ほら、あの格子の前にいる人たち」

おんな三人で修二会に行こうと発案したのはかずえだった。理由のひとつには希子の結婚があった。嫁いでしまえば、家事や育児で、いくら近くに住むとは言っても会うことすらままならなくなるだろう。ましてや希子はやさしすぎるほどの女だ。体の弱い嫁ぎ先の義母を労わり敬い、身を粉にして尽くすことは火を見るより明らかだ。

「あたしがまだいるじゃない」と、双子の妹の佳子は笑うが、彼女にも立派な恋人がすでにいることをかずえは知っている。結婚も時間の問題だろう。

ふたりとも嫁いでしまったら、どうなるのだろう。そんな不安が日常に付きまとう。今はまだいい。そのうち病に倒れたら？　足腰が立たなくなったら？　何よりうまく死ねるのだろうか？　できることなら眠っているうちに静かに死んでいきたい。死体を見つけたふたりが驚かぬように、おだやかに安らかに……。死ぬことはひょっとしたら生きることよりも難しいのかもしれない、そんな思いがかずえの胸の底に春先の雪のように積もっては消え、また降り積もる。

「それにしても、あの杉の樹、じゃまね。あれがなければ、もっとはっきり見えるのに」

「そんなこと、言うものじゃないわ」

「どうして？」

「あれはね、良弁杉と言って、東大寺建立に貢献した良弁和尚に因んだ杉の樹なの」

「ふうん」

「良弁和尚はね、生まれてすぐに大鷲に連れ去られてしまったのよ。母親の渚のかたは、それこそ必至に追いかけて、ようやく良弁を見つけたんだけれど、梢にひっかかって死にそうだった。そこへ別の僧侶が駆けつけ、事情を聞き、溺死の良弁を助けてくれたの。渚のかたが良弁の首に観音のお守りを括り付けてくれていたおかげでね。それ以来、あれは良弁杉と言われ親子再会の樹としてあがめられているの。生き別れた親子や死に別れた親子が、生まれ変わって、今世や来世で再会できるように、ああやってずっとあそこに立っているのよ」

「じゃあわたしたちもひょっとしたら誰かの生まれ変わりってこと?」

「あ、松明に火が点いたわよ」

大きく膨らんだ籠松明の焰を、皆、息をころして見つめている。大声を出す者はひとりもいない。それは、ここにいる誰もがそれぞれの生と死とを振り返っているからに違いない。火の粉が雪のように舞い落ちる。その火を美しいと心から思う。

「やだ、お母さん、泣かないでよ」、そう言う希子と佳子の両目にも涙が浮かんでいる。

やはり、産んでよかった。ふたりを身籠ったとき、夫は会社倒産の責を負い自殺してしまった。何度、堕胎しようと思ったかしれない。それでもそうしなかったのは理屈ではない。それが女というものなのだろう。

二日前には、今年も、格子の奥、総衆之一が過去帳に青衣の女人の名を読んだはずだ。それはたったひとりの女の名などではない。生きようともがき苦しみ、この世への恨みを呑みこみ、生をどこまでも慈しみ、そして懺悔の心で死んでいった多くの女たちの、別名なのだ。

左右を見ると娘たちは、そんなことを知ってか知らずか、静かに両手を合わせていた。ふたりに倣ってかずえも手を合わせる。平城山の空に望月、鹿の声に尚満ちる。

ゐ

掌に花拵えのぬくみ落ち、若狭井の甘露、舌下に残り、南天の紅は幻となりて胸を更に焦がす。泥濘を手松明で下堂する練行衆の、痩せた満行の声しめやかに、青丹よし奈良の空は薄白く明け、紋白五条の装束の涅槃行は厳かに、つひに自坊へと戻る足どり、静寂に鳥も憩ふ。

光明はなはだ盛んに十方をふたたび照らし、十一面悔過、春の夢、不退の法会、振り向かば寂寥となってまた南無観。

＊至心に是の如き等の一切の世界の諸々の仏、世尊の、常に世に住せるに懺悔したてまつる。この諸々の世尊は、まさにわれを慈念し、憶念し証知したもう。もしくはわがこの生、もしくはわが前生において、無始の生死より以来、作るところの衆くの罪は、自ら覚知せず。もしくは自ら作り、もしくは他に教えて作らしめ、作るを見て随喜せり。もしくは塔、もしくは僧、もしくは十方の僧物を、もしくは自ら取りもしくは人に教えて取らしめ、取るを見て随喜せり。あるいは五逆、四重の無間の重罪を作すに、もしくは自ら作し、もしくは他に教えて作さしめ、作すを見て随喜せり。十不善道を自ら作し、他に教え、作すを見て随喜せり。作すところの罪障はあるいは覆蔵ものあり、あるいは覆蔵なし。まさに地獄・餓鬼・畜生、及び蔑戾車に堕すべし。かくの如き等の作るところの罪障を、今十方三世の諸仏の御前において懺悔発露す。みなことごとく懺悔するなり。

目次

未知《みち》への逸脱《いつだつ》のために

著　者　伊藤浩子《いとうひろこ》
装　幀　中島　浩
発行者　小田久郎
発行所　株式会社思潮社
一六二－〇八四二　東京都新宿区市谷砂土原町三－一五
電　話　〇三－三二六七－八一五三（営業）八一四一（編集）
ＦＡＸ　〇三－三二六七－八一四二
印刷所　三報社印刷株式会社
製本所　三報社印刷株式会社
発行日　二〇一六年十月三十日